O LADO DOCE DA PAIXÃO

A PRINCESA ATANERRA E O FEITICEIRO DE LENZ

Renato Paulo Schmidt

Copyright© 2022 by Literare Books International.
Todos os direitos desta edição são reservados à Literare Books International.

Presidente:
Mauricio Sita

Vice-presidente:
Alessandra Ksenhuck

Diretora de projetos:
Gleide Santos

Diretora executiva:
Julyana Rosa

Relacionamento com o cliente:
Claudia Pires

Assistente de projetos:
Daiane Almeida

Capa:
Silvia Márcia Schmidt

Projeto gráfico e diagramação:
Gabriel Uchima

Revisão:
Rodrigo Rainho

Impressão:
Gráfica Paym

Dados Internacionais de Catalogação na Publicação (CIP)
(eDOC BRASIL, Belo Horizonte/MG)

S353l   Schmidt, Renato Paulo.
       O lado doce da paixão / Renato Paulo Schmidt. – São Paulo, SP: Literare Books International, 2022.
       16 x 23 cm

       ISBN 978-65-5922-334-3

       1. Ficção brasileira. 2. Literatura brasileira – Romance. I. Título.
                                                                  CDD B869.3

Elaborado por Maurício Amormino Júnior – CRB6/2422

Literare Books International Ltda.
Rua Antônio Augusto Covello, 472 – Vila Mariana – São Paulo, SP.
CEP 01550-060
Fone: (0**11) 2659-0968
site: www.literarebooks.com.br
e-mail: contato@literarebooks.com.br

SUMÁRIO

CONTO: NEM JOÃO NEM JOSÉ FICARAM DE PÉ 5
    EU PENSO, EU POSSO 6

O VILAREJO DE ALFENDRE, UMA ESPERANÇA DE PAZ 9
    O MOVIMENTO 15
    A DÚVIDA 16

O VILAREJO DE ALFENDRE NAS COLINAS DE BEVEREN 17
    XADREZ 36
    A DANÇA 38

AS HISTÓRIAS DO GENERAL ETHAN:
UM LOBO EM PELE DE CORDEIRO 39
    APENAS SER 54
    DESEJO 55

A TRAIÇÃO DO CIENTISTA E O ANEL DE AKREDON 57
    COMO SABER 68
    NARCISO 70

O CAJADO DE OURO DO FEITICEIRO DE LENZ 71
    AO VER PESSOAS 77
    NA CASA DA VOVÓ 78

NA ENTRADA DO CASTELO, ALGO ESTAVA DIFERENTE 79
    VIVO AINDA 84
    COMO O VENTO 85

O FEITICEIRO DE LENZ E A RAINHA VERMELHA 87
    O CÔMODO 90
    O PENEIRAR 92

A FLORESTA DE HAKKENS:
EM BUSCA DO MUNDO DA SABEDORIA 93
    NO OUTONO 110
    LIVRO 111

CHÁCARA SANTA AURORA - O SÍTIO 113
    ESPERANÇA 119
    AS PALAVRAS 121

A FÓRMULA DO AMOR 123
    APENAS CORPOS 126
    A PAIXÃO 139

AMOR DA MINHA VIDA 141
CONTO: VIVO AINDA 143

CONTO:
NEM JOÃO NEM JOSÉ FICARAM DE PÉ

Três horas da manhã, a lua parecia querer me dizer algo ao pé do ouvido. Uma noite de lua cheia! A árvore de galhos secos entre nós a impediu de sussurrar em meus ouvidos e deixei de saber o segredo de São Jorge, sempre em seu belo cavalo. Poucas folhas teimavam em seguir pelos galhos. A luz do poste clareava o que a lua não dava conta. Reparei então que a rua não tinha nome, pensei com meus botões: "Como pode em pleno século XXI uma rua sem nome?". Já pelas quatro horas da manhã, passava pela rua sem nome dois homens – João e José. Como os conhecia? Jogava buraco com eles todas as quartas-feiras na praça central a cinco quadras de casa. Dona Sebastiana presenciou o momento em que José encontrou João e, por divergências de opinião, nem João nem José ficaram de pé, bestamente! Ritinha, neta de dona Sebastiana, segurava em sua mão uma gata preta chamada Café. A gata usava um colar vermelho comprado na casa de ração, nada sofisticado. As três presenciaram o que ninguém imaginava para uma noite de lua cheia. Ritinha, com sua gata no colo, esperava ansiosa ver o lobisomem em noite de lua cheia, mas não foi o que aconteceu. O relógio dava como certo o fatídico encontro, e quando seus olhos se encontraram, José matou João que matou José, que se mataram, e nos filhos não pensaram. Nada poderá desfazer a tolice de ambos por divergirem de opinião. Tão comum hoje em dia! Tudo se deu na rua sem nome, e por que teria um nome? Se mataram!

A carroça dirigida por Afonso Pomander recolheu os corpos às seis horas da manhã, pois atrapalhavam o movimento dos vivos que se respeitavam na rua sem nome. O carroceiro, um velho senhor, era conhecido por todos naquela cidadezinha principalmente por não ter o olho direito, que serviu de alimento anos atrás para o Abutre que reside fogosamente na antena de televisão de Dona Sebastiana.

O varredor de rua varreu a rua sem nome, e por que teria um nome? Onde João matou José, que matou João, que se mataram e bem mortos ficaram diante dos olhos de Ritinha.

E tudo permaneceu como antes, logo que todos seguiram para os afazeres do dia, menos para João e José e os seus. Nem João nem José ficaram de pé na rua sem nome, e por que teria um nome? Ritinha seguiu com sua gata e dona Sebastiana para a quitanda. Passavam das oito horas. O relógio parou logo que o varredor de rua varreu a rua sem nome. Café? Miou bem alto quando Afonso Pomander guiava a carroça após virar lobisomem em plena luz do dia sem que fosse notado. João e José estariam de volta na próxima lua cheia?

Eu penso, eu posso

Eu penso no que desejo
penso também nas árvores
que me rodeiam.
Posso me aventurar por um flamboyant
e sentir o vermelho
pulsar em meu coração.
Penso no sabor da vida,
posso ir e vir
pensar e não agir,

O LADO DOCE DA PAIXÃO

parar feito o burro
quando empaca na esquina
ao lado!
Sem saber o que posso fazer
diante do ocorrido
com meu burro amigo!
Penso em sair por aí
ou por lá,
nem lá, nem cá, sei lá!
Posso me mover por caminhos
que escolher,
só não posso pensar!
Pensei e com medo fiquei!
Posso até pensar
em você e aliviar minha
inação, pois empacado ficamos,
lembra!?
Penso e posso,
posso se não penso,
se não penso, como posso?
Fácil saber, simples assim,
pensar para poder,
poder para pensar,
melhor subir
nas cores do flamboyant.

O VILAREJO DE ALFENDRE, UMA ESPERANÇA DE PAZ

— Acalme seu coração, princesa, não diga se o que fiz foi aquém de minhas forças.

— Eu sei, meu amado, você conseguiu que saíssemos do labirinto de coração, algo que poucos conseguem, pelo menos vivo.

— Seu pai não vai conseguir nos prender novamente lançando seus feitiços como fez, acredito que irá nos deixar em paz agora.

— Tenho minhas dúvidas, desde aquele momento em que nos conhecemos, meu coração conheceu o amor e meu pai ficou furioso, começamos uma verdadeira luta por esse amor e eu sei que ele jamais vai me perdoar.

— Sabe, princesa, todos esses anos de luta e agora temos a possibilidade de um tempo de paz, onde vamos poder viver nossa grande paixão e enfim poder te chamar pelo nome. Me perdoe, princesa, mas vou demorar um pouco até me habituar a chamá-la de Atanerra de Lenz.

— Meu pai é um feiticeiro muito poderoso e temo pela sua vida, e confesso também não ter me acostumado ainda com seu nome – Rafael de Beveren. Por quanto tempo nos tratamos como jovem rapaz e princesa, pensávamos apenas em nos encontrar e nos livrar dos feitiços de meu pai.

O jovem por quem a princesa se apaixonou e despertou a ira de seu pai, um feiticeiro poderoso e destemido, por longos dez anos viveram amaldiçoados por um feitiço. Podiam se encontrar apenas uma vez a cada ano e assim desfrutar desse amor. Um portal era aberto ao lado da cachoeira que se formava apenas nesse dia, para que a princesa pudesse aparecer nas águas da cachoeira que se formava ao lado do lago, no sítio onde morava com sua família.

O jovem rapaz sempre estava neste dia aguardando ansiosamente sua linda princesa e trazia com ele toda vez um plano para libertá-la do Castelo de Coração. O encontro se dava no lugar onde se encontraram pela primeira vez, no sítio onde moravam. Não pensem que o pai permitiu que os dois se encontrassem uma vez a cada ano por ser bondoso. Na verdade, ele queria que sofressem todos os demais dias do ano pela ausência um do outro. Esse dia na verdade era uma punição por terem se apaixonado, entendia que esse encontro os deixava apaixonados, e ao mesmo tempo sofriam o resto dos dias por não poderem se encontrar.

Foi a maneira que encontrou para penalizar sua filha por ter se apaixonado, mesmo ela estando enfeitiçada desde muito nova para que não se apaixonasse por ninguém. Fato que o deixava muito tranquilo, confiava plenamente no poder de seu feitiço e não imaginava que algo pudesse dar errado. Ver a sua filha, a princesa da casa, apaixonada por um rapaz, para ele era inadmissível.

— Nem me fale. – comenta a princesa. — Meu pai foi muito cruel com a gente, mas isso fez meu amor ficar ainda maior.

— Por sorte – comenta o jovem rapaz – conheci algumas pessoas durante a batalha, alguns animais e até mesmo "seres" criados pela minha mente para nos ajudar. Sem eles não teria conseguido tirar você do labirinto de coração, princesa.

— Sim, meu querido, o labirinto de coração é uma fortaleza criada pelo meu pai para aprisionar todas as pessoas apaixonadas. Cada detalhe foi pensado por ele para que ninguém jamais saísse e por lá estivesse condenado pelo resto da vida. Sofrendo pelo sentimento da paixão eternamente até sucumbir e fazer parte das paredes do labirinto de coração, como se fossem uma planta hospedeira ou algo do tipo.

— Sabe, princesa, jamais vou me esquecer do capitão, o personagem criado pela minha mente para ter o controle da razão e não me deixar perder no labirinto de coração. E ficar completamente atônito diante de sua imagem e esquecer de procurar a saída. Passar o tempo curtindo a paixão e acabar aprisionado no castelo. E o que dizer então do estrategista? Ele me fez ser totalmente criativo diante das inúmeras soluções que precisavam ser resolvidas de modo a me ajudar a sair do labirinto.

Os guerreiros viajantes me fizeram criar imagens mentais, verdadeiras metáforas, e me manter focado no que precisava e ir ao seu encontro. O Castelo de Coração, um verdadeiro labirinto em formato de coração, exigia um esforço mental muito grande. O capitão foi fundamental para que conseguisse manter você fora de minha mente, transferindo todos os sentimentos, pensamentos, o que fosse, para o coração imaginário que chamei de "sapo" carinhosamente.

Sem contar os amigos que acabei fazendo no sítio, quando estava prestes a partir rumo ao labirinto de coração, determinado em finalmente tirar você de lá. O que mais me dói é não saber o que aconteceu com o falcão, o sapo, a árvore e a joaninha.

Ah, como pude me esquecer, a abelha também foi muito importante.

Tenho saudades de cada um deles e como se envolveram de corpo e alma para nos ajudar na batalha, temo que tenham ficado presos no labirinto de coração para sempre.

A princesa estava chorando copiosamente e disse ao jovem, muito emocionada pelo que acabara de vivenciar, uma batalha sem precedentes:

— O que eles fizeram por nós não tem explicação, não entendo o motivo de meu pai agir assim com a gente. Ter feito o labirinto de coração para aprisionar todo e qualquer sentimento da paixão, muito lindo por sinal. O formato de coração do castelo o deixa ainda mais imponente e encantador, não tem como não se hipnotizar com tudo aquilo.

Quando ficamos diante dele, a vontade que temos é de entrar e nunca mais sair, tudo muito bem-feito, justamente esse é o objetivo dessa prisão encantadora.

— Jamais pensei em encontrar nesta vida amigos tão verdadeiros, e eles se encantaram com nosso amor e se dispuseram a nos ajudar na batalha com o grande feiticeiro, princesa.

— Se o que não fiz por eles atormenta minha mente, por não conseguir ajudá-los e sem saber o que aconteceu, não sei se consigo viver assim. Sem eles ainda estaríamos lá com certeza.

— Entendo sua dor, sua frustração. Meu pai é muito poderoso e temo, sim, pelo que ele possa fazer, não estamos completamente livres de sua fúria, mesmo após termos passado pelo portal mágico e estarmos agora em uma outra dimensão. Na verdade, não me sinto segura, até mesmo porque está muito frio comigo.

— Concordo com você, temos que sair daqui e seguir para o norte, logo após as colinas de Beveren, fica o vilarejo de Alfrendre. Meu irmão mora lá, podemos viver por um tempo tranquilos e nos proteger de tudo isso.

— Princesa, quando penso o quanto te amo e o que já enfrentamos por esse amor, até mesmo o que pode acontecer ainda, gostaria de apertar o botão da ilusão e voltar a ser aquele jovem de uma vida tranquila e pacata, poder viver com você como pessoas normais.

Na minha fantasia, seu pai é um homem bom e normal, longe de ser um feiticeiro terrível, impiedoso.

— Onde é esse botão? Também quero apertá-lo e viver em paz com você.

— Um dia vou acordar deste pesadelo e viver esse amor, sem que o grande feiticeiro queira a todo momento me transformar em algo horrendo, ou me distanciar de você, imagino muito isso acontecendo.

Até hoje não consigo entender o porquê de ele não aceitar que ame alguém, ainda mais um rapaz bom e bonito como eu.

— Convencido, confesso não entender também. Busco uma resposta e não a tenho. Absolutamente nada me vem à cabeça. Já até perguntei para minha mãe, mas nem ela sabe, fala apenas que ele é muito ciumento. Esse fato não justifica tanta maldade, penso.

— Vou buscar essa resposta, custe o que custar e onde ela estiver. A única maneira dele parar de querer nos separar com seus feitiços cruéis é eu conseguir saber de fato quem ele é e encontrar de onde vem seus poderes.

— Um desafio e tanto, meu amor, e temo ser impossível de ser feito, mesmo presenciando tudo o que já fez até agora. O que me anima também é o fato de sempre aparecer pessoas ou seres impensados que querem nos ajudar. A sua força interior atrai pessoas de bem. Assim como o mal tem suas artimanhas, o bem tem as dele. Minha esperança é que seja o suficiente para essa nova batalha, caso aconteça.

— Pode escrever, princesa, e com letras garrafais, essa guerra não terminou, hoje vencemos uma batalha apenas. Vamos, já perdemos muito tempo aqui e sinto que já está atrás da gente, da tão amada filha.

— Não fala assim, apesar de tudo, ele é meu pai, tenho esperanças de que vai mudar de ideia e entender que podemos viver bem todos.

O vilarejo de Alfrendre, logo após as colinas de Beveren, é um local temido até mesmo pelos melhores feiticeiros. Muitos tentaram entrar naquela pequena fortaleza, mas o local é protegido por uma magia vinda das colinas de Beveren, nunca conseguiram vencê-la. Toda e qualquer magia não funciona na vila, inclusive os feiticeiros que não conseguem tal êxito acabam perdendo seus poderes. Esse é o ponto de não tentarem, feiticeiros poderosos acabaram como pessoas comuns quando se atreveram a usar algum feitiço em Alfendre.

— O que poderia ser feito para melhorar essa realidade? – pergunta a princesa.

— Vejo a luz brilhar pelos lados das colinas de Beveren, sinto o cheiro das comidas que servem por lá, o gosto, cada detalhe. Mesmo não estando há mais de dez anos no vilarejo.

O Vilarejo de Alfendre oferece uma impressão imponente para quem chega, que logo avista o portão de entrada, embora seja tudo muito simples, os detalhes são minuciosos e impressionam.

A vila tem a forma de um quadrado, os telhados seguem os moldes de antigas construções japonesas, que abrigavam os samurais. O espaço das casas contorna toda a vila, tendo ao centro um espaço para o jardim e a recreação das crianças, o que dá vida ao vilarejo com sua inocência peculiar.

— Desde quando saí do vilarejo, o sorriso em meu rosto desapareceu a cada instante que ficava longe. – falava o jovem. — Somente o amor que sinto me manteve vivo até agora.

A princesa, mesmo cansada, sorriu para o jovem com um ar de aprovação, reconhecendo todo seu esforço e o poder interior que o fez vencer todos os desafios até agora. Eles acamparam perto do vilarejo, pois o anoitecer já se fazia presente. Não era prudente continuar o percurso pela noite.

Então encontraram um lugar seguro entre as colinas de Beveren e logo pela manhã se dirigiram para o Vilarejo de Alfendre. Após uma noite de sono, por incrível que pareça, saíram para a casa do irmão de Rafael de Beveren. A esperança de se acomodarem por um bom tempo e aproveitarem, enfim, esse tão sonhado amor, como duas pessoas normais, era o que levavam na bagagem.

Antes de começar a caminhar para o vilarejo, trocaram olhares apaixonados e se beijaram. Sentiram o gosto doce dos lábios se encontrar, a saliva ávida de desejo e a esperança de dias melhores. O que mais desejavam estava prestes a acontecer e era motivo de muita felicidade para os dois. Essa expectativa os deixou ainda mais apaixonados. Os olhares entre eles eram profundos, existia uma ligação incrível. Era como se conectar à alma de ambos a cada olhar que trocavam. Podiam enxergar tamanha pureza ao se olharem. A magia do amor era evidente, talvez sem que percebessem, esse era o grande trunfo que os protegia das terríveis maldades do Feiticeiro de Lenz.

O lado doce da paixão seria, enfim, degustado por eles, no entanto, mal sabiam que, ao chegarem ao Vilarejo de Alfendre, seriam surpreendidos pelo poder do Feiticeiro de Lenz, o pai da princesa.

Tenho gravadas em minha memória as palavras ditas pelo jovem à princesa, pouco antes de saírem. Disse ele:

— O sabor do seu beijo me fortalece, não sei mais viver sem o seu amor, princesa.

— Caso precise enfrentar o mundo por você, o farei. Meu sorriso desapareceu não por você. Pelo contrário, encontrei o sentido para minha vida desde que a conheci. Meu sorriso apenas adormeceu diante de tantas dificuldades.

— Vamos! Uma bela estadia na casa de meu irmão será muito bem-vinda.

O movimento

*As pernas se vão,
para alguma direção,
somente elas? Não!*

*Já estão voltando,
voltando?
Você está brincando.*

*Elas me deixaram,
não me indagaram
simplesmente, não me levaram.*

*Que decepção,
de ficar na contramão,
pode ser que não.*

*Por que então?
Sim, eu estava presente,
mesmo que ausente.*

*Pois minha mente
pensava em você
novamente!*

A dúvida

*à flor da pele
estudo a possibilidade
de uma pessoa
se tornar ela mesma
à bientôt!*

*embalo emoções,
dúvidas,
insensatez,
diante de tudo
o que me foi dado.*

*trepidações emocionais
estão em mim,
não me encontro,
pude ouvir
quando me perdi.*

*embalo tentações,
versões elevadas
da realidade,
tô boiando de marola,
a carne é fraca.*

O VILAREJO DE ALFENDRE NAS COLINAS DE BEVEREN

O Vilarejo de Alfendre nas colinas de Beveren abriga cerca de 600 pessoas. Logo após as colinas, aproximadamente uns duzentos metros, a entrada se faz por um enorme portão de madeira. Uma verdadeira obra de arte, cada detalhe foi perfeitamente trabalhado à mão.

O nome do vilarejo está estampado em seu intrigante portão, para que todos que por ali cheguem possam vislumbrar tal obra de arte. Pensando em dimensões, podemos dizer que o objetivo é se impor, digno de grandes castelos. Vinte metros de comprimento por dez metros de altura, tendo nas bases laterais dois jogos internos de escadas que levam a uma pequena torre, nos dois lados do portão. Cada uma delas com quinze metros de altura, onde os guardiões do local se revezam na vigilância.

Assim que se entra pelo portão principal, chama-nos a atenção um belíssimo gramado, com jardins e brinquedos para as crianças feitos em madeira, de igual ou superior perfeição.

Tudo muito bem organizado para atender os que residem no local, o formato quadrado do vilarejo com cento e quarenta casas, todas elas com suas fachadas voltadas para o interior do vilarejo com o único objetivo de proporcionar uma aproximação entre os que ali moram.

Além, claro, de contemplar o gramado e o belo jardim, passando uma sensação de muito carinho e respeito, como uma verdadeira família. Toda a volta do vilarejo tem uma varanda, o telhado construído artesanalmente, recordando as fachadas das casas dos samurais, uma inspiração tanto na construção do local como no modo em que vivem. Tudo muito bem planejado, pensando assim, construíram a parte comercial e festiva do vilarejo em separado, para que não atrapalhasse a vida tranquila do lugar.

Na parte oposta ao portão de entrada, ao fundo do vilarejo, existem duas passagens entre os cantos que ficam escondidas pelas casas. Nesses espaços têm a parte comercial, lojinhas, bares, boates, feira de alimentos e a criação de animais para consumo, hortas e tudo mais para alimentar todos ali. A plantação fica bem próxima de uma das florestas que fazem parte das colinas de Beveren, um local muito tranquilo e de uma beleza ímpar.

O jovem e a princesa finalmente chegaram em frente ao portão de entrada, após cerca de quatro horas de caminhada. A expectativa do jovem era tamanha que não percebeu algo de diferente logo que entraram no vilarejo. O que aconteceu somente depois de percorrer alguns metros vilarejo adentro com a princesa.

— Princesa, tem alguma coisa estranha acontecendo aqui, está tudo muito sombrio, veja no telhado, tem vários urubus com uma aparência horrível e de olhos avermelhados.

— Estou vendo! – exclamou a princesa, toda apavorada.

Muitos dos urubus começaram a voar pelo vilarejo e olhavam na direção deles, então a princesa disse:

— Tem algo de errado por aqui, não vejo ninguém, tudo deserto. Você me disse que todos eram muito amáveis e alegres. Não é o que estou vendo.

— Também não estou vendo ninguém. O vilarejo está muito silencioso, as pessoas que moram aqui geralmente são muito alegres e estão por todo lado cantando, dançando e as crianças brincando o tempo todo. Só posso pensar em uma coisa, o feiticeiro esteve aqui antes da gente chegar.

— Mas você falou que o vilarejo nunca havia sido invadido por feiticeiro algum. O único que poderia ter feito algo aqui seria meu pai, não posso acreditar no que estou presenciando. Não entendo, o que ele poderia querer neste lugar?

— Cuidado, princesa, estão vindo em nossa direção e vão nos atacar, abaixe e se esconda aqui atrás desta árvore.

Meu Deus, que criaturas são essas, veja os olhos avermelhados, o bico extremamente afiado, estão se preparando para nos atacar. A cor deles, um preto muito forte e brilhante.

Corre para a casinha de bonecas, princesa, vamos nos esconder lá, eles estão voando para nos atacar.

A princesa ficou junto à árvore enquanto o jovem rapaz conseguiu chegar à casinha de madeira, mas um dos urubus o jogou ao chão enquanto corria feito um louco. Mas não foi o suficiente e foi atacado por um deles, caindo ao chão. O jovem se levantou imediatamente enquanto outro urubu já vinha para desfiar seu bico afiadíssimo.

Quando olhou para a princesa, ela estava com uma espada em suas mãos, gritava seu nome completamente apavorada e desesperada para entregar a espada.

— Olha o que encontrei, preciso entregar essa espada para você, estou indo aí. – gritou a princesa em bom tom.

— Não, princesa, tem vários urubus atrás de você, fique aí, me espere. O jovem saiu correndo antes que a princesa viesse a seu encontro, sem que desse tempo para pensar em qualquer outra coisa, estava junto dela agarrando a espada em segundos, mesmo sem compreender de onde ela apareceu.

Apenas pelo impulso de defesa, o jovem rapaz, por uma questão de sobrevivência, impôs a espada diante de seus olhos e foi tomado por uma força interior no exato momento em que pegou aquela espada e a empunhou, tirando-a da bainha. Sua lâmina brilhava e podia sentir o quão estava afiada, um brilho que chamou a atenção das criaturas que se preparavam para deferir outro ataque.

— Cuidado, atrás de você. – gritou a princesa.

O jovem avistou um dos urubus vindo desesperadamente com seu bico fino e olhos avermelhados em sua direção; de súbito, deu um pulo ninja que jamais pensou pudesse fazer, cortando-o ao meio. Sentiu seu sangue espalhar pelo rosto e escorrer pela boca. Não teve tempo sequer de se limpar, pois despertou a atenção de todos os demais, que partiram em uma velocidade absurda na direção dele.

Logo após o golpe fatal no primeiro dos urubus, todos os outros ficaram ainda mais furiosos.

— Princesa, como foi que vesti esta roupa de um guerreiro samurai? Não pode ser verdade o que está acontecendo e estou sentindo um poder imenso tomando conta de meu ser, e posso destruir cada um deles com tamanha força, e vou proteger você dessas criaturas.

— Olhe para o céu, meu amor, estou com muito medo. Vejo pelo menos uns cem monstros desses, seus olhos estão ainda mais vermelhos, temos que fugir daqui. – disse a princesa.

— Se abaixe, princesa, não temos tempo para fugir.

Foi quando sentiu um golpe de um deles pelas costas, caindo de joelhos, abraçando a espada.

Com medo do ferimento ser fatal, pôde sentir uma luz brilhar no cabo da espada e notar que havia uma pedra em sua extremidade. Ao tocar, pelo encantamento que a espada propôs, uma luz correu pelo corpo, curando o ferimento. A batalha prosseguiu e começou a destruir os urubus um a um, com golpes ágeis e fatais, sem piedade alguma. Sabia que qualquer vacilo poderia ser fatal. Golpe após golpe, destruiu todos eles, exausto estava quando ouviu a princesa gritar.

Apenas conseguiu virar em sua direção, estava de joelhos e todo ensanguentado. Ferido novamente pelos golpes das criaturas, foi curado novamente pela espada.

— Ainda não acabou – gritou a princesa – tem um deles sobrevoando o vilarejo, vamos meu amor, não desista, ele vai atacar em instantes.

Preferiria não ter visto aquele último urubu, passaria horas apreciando a sua beleza caso não quisesse nos matar.

Era muito maior que os demais e seus olhos, além de vermelhos, tinham um tom muito mais acentuado e brilhavam como a lâmina de uma espada.

Ele estava me olhando do lugar mais alto do vilarejo, como se quisesse me dizer. "Veja, chegou a sua hora, vou acabar com você em segundos".

Podia ler em seu olhar assustador o que pensava, estava hipnotizado pela criatura e ficando sem movimento algum. Mesmo após levantar e empunhar a espada, parecia ser tudo inútil. Aquela criatura havia tomado o controle da minha mente e podia enxergar muito além dela, como se fosse um portal, e queria me levar para muito longe. Por alguns instantes, não estava mais ali, com seus olhos horríveis, ela me enviou para um local distante, um novo mundo.

Podia ver a escuridão ao meu redor e um mar de lava vulcânica passar a milímetros de meus pés. Sentia o calor me consumir, queria estar morto em vez de estar ali. A dor era terrível, sentia meus ossos começarem a derreter de dentro para fora.

Ao centro desse mar de chamas, em um barco imponente, estava o Feiticeiro de Lenz, que empunhava um cajado de ouro maciço. Seu barco seguia o curso do rio de chamas e me olhava como se estivesse me dizendo: "Adeus, jovem, sua hora chegou, não tem como fugir de seu destino trágico, não desta vez".

Ouvia a voz forte em tom agudo do feiticeiro, falando em minha cabeça, como se estivesse dentro dela com seu barco e cajado de ouro.

— Você não sabe o poder que tenho. – disse o feiticeiro. — Posso deixá-lo viver, desde que nunca mais procure minha filha, faço isso em consideração a ela. Como a amo muito, sei que ela vai sofrer menos sabendo que, mesmo não podendo nunca mais te ver, estará vivo.

— Feiticeiro, não tem por que fazer isso. Vamos viver em paz como uma família, não quero viver mais assim lutando e fugindo de você. – implorava, pedindo piedade de joelhos.

Sua gargalhada ecoava em minha mente novamente, como se estivesse dentro dela. Ele gritava de volta: — Não entendeu ainda, jovem, meu problema não é especificamente com você, não posso permitir que o amor exista dessa forma tão pura e inocente.

O mais puro amor deve ser destruído da face da Terra, mesmo sendo minha filha, também não queria que fosse assim. Anda, seu tempo está se esgotando, me diga qual sua resposta.

Naquele exato momento, ficou claro que o feiticeiro era muito mais poderoso do que imaginava, que controlava todo o mal sobre a Terra, mas ficou evidente o seu ponto fraco, o amor verdadeiro. Era o que precisava saber desde que essa jornada começou em direção ao Vilarejo de Alfendre, nas colinas de Beveren.

O nosso amor representava uma esperança ainda presente na Terra, se ele estava colocando todo seu poderio nessa empreitada, era porque estava com medo, apesar de nunca demonstrar.

Rafael de Beveren ouvia a voz macia da princesa chamando por ele.

Um clarão enorme surgiu por todo aquele lugar e, mesmo sozinho, nada do que via estava mais ali. De repente estava novamente frente a frente com aquela criatura horrível, que logo levantou voo e parecia querer me assustar com sua presença. Voava pelo vilarejo para me intimidar. Sentia que essa criatura tinha poderes maiores do que os outros, ele deu dois voos rasantes passando muito próximo.

Gritei pedindo ajuda, minha voz de socorro deve ter ultrapassado as colinas de Beveren e ecoado por muitos, mas muitos quilômetros.

— Querido. – ouvi a princesa me dizendo, enquanto me abraçava.

Podia sentir seu coração disparado de medo, seus olhos arregalados, e então ela me disse:

— Essa criatura é meu pai e posso reconhecer seu olhar, mesmo estando na forma deste urubu horrível.

— Não pode ser. Não quero matar seu pai, princesa, fale com ele, implore para nos deixar em paz.

Sabia que ela falava a verdade, pois ao encarar aquela criatura pela primeira vez, fui levado ao encontro dele, mas não pensava que ele poderia ser essa criatura.

— Pai, sou eu. – gritou a princesa. — Imploro que pare com isso e me deixe em paz para viver esse amor. Podemos viver todos juntos como uma família e voltar ao que era antes.

O urubu sobrevoou pelo menos umas três vezes de forma assustadora ao redor da princesa, sem demonstrar qualquer sinal de piedade, de amor ou carinho.

Sem que o jovem pudesse acreditar no voo seguinte, aquele monstro feriu a princesa gravemente no braço direito, na altura dos ombros, um corte profundo desprendido pela criatura.

A ave imediatamente redirecionou o voo novamente na direção da princesa, e a feriu novamente, agora no rosto. A princesa então caiu ao chão muito ferida. O jovem, incrédulo com o que presenciava, sentiu toda a raiva do mundo em seu coração. A maldade do feiticeiro não tinha limites, tentar matar a própria filha, para ele, era o fim de tudo. Jamais imaginou que o Feiticeiro de Lenz poderia chegar a tal ponto com sua filha. Com ele tudo bem, era de se esperar. Foi a gota d'água e então o jovem empunhou a espada e sentiu uma força muito grande. Apenas um pensamento visitava sua mente, matar o feiticeiro o quanto antes e salvar a sua amada princesa.

Era preciso impedir um novo ataque daquela criatura. A princesa não iria suportar. Ele precisava o quanto antes ajudá-la. Sem que pudesse notar, ele tocou uma pedra que estava no cabo da espada. Foi então que uma luz muito forte saiu pela lâmina da espada e acabou deixando o urubu um pouco desnorteado em seu voo. A mesma luz que cegou o terrível urubu iluminou todo seu corpo e milagrosamente o fez ser tomado por uma força incomum. O desejo e a vontade de acabar com aquela criatura fez com que seus olhos brilhassem, e podia sentir todo o poder da espada percorrendo seu corpo. Quando o urubu veio em sua direção, ele estava um pouco abaixado em uma posição de defesa e ataque.

Estava um tanto receoso com o poder do urubu, especialmente porque se tratava do Feiticeiro de Lenz. Mesmo diante da velocidade com que a criatura estava vindo em sua direção, o clarão da espada mudou o foco para ele. O urubu fez um voo rápido e em posição de ataque, mesmo assim conseguiu desferir um golpe fatal, cortando a criatura ao meio, como havia feito com todos os outros.

Mas agora com o pior de todos, o mais forte deles. Assim que a lâmina da espada cortava-o por inteiro, ouviu-se um barulho ensurdecedor. Um clarão enorme saiu de dentro daquele monstro, percorrendo sua espada. Aliviado com o êxito do golpe, correu em direção à princesa, todo preocupado. Apesar dos ferimentos, ela estava viva. Era o que importava naquele instante. Sabia que a espada de alguma forma podia curar a princesa.

Então o jovem pediu que segurasse a espada, assim a sua magia iria curar seus ferimentos. Logo que ela segurou a espada, a luz percorreu todo o seu corpo e foi curando seus ferimentos. A princesa estava curada, e logo os dois trocaram um olhar apaixonado e um beijo dos mais quentes até então. Mesmo o jovem podendo sentir o sangue das criaturas em seus lábios.

— Não pode ser meu pai. – disse a princesa, chorando. — Não acredito que ele ia me matar. Vi nos olhos daquela criatura que não tinha piedade alguma e a intenção dele era matar nós dois. Estou muito decepcionada com tudo. Não com você, claro. Fez o que deveria para nos salvar. Eu vivia em um mundo totalmente sem sentido e apenas via o tempo passar, fingia que tudo estava bem.

Mas o amor, como viver sem ele? Quando acontece é algo maravilhoso. Poderia ser como na grande maioria dos casos, além de uma família normal, poder viver um grande amor.

Enquanto a princesa pensava em uma vida normal com sua família e um grande amor, tudo dentro de uma normalidade, um outro barulho foi ouvido de longe. Quando olharam para ver o que era, notaram novamente vários urubus voando sobre as colinas de Beveren.

O olhar deles de reprovação e desânimo foi tremendo. Havia a certeza de ter acabado com o último deles, então, fazia-os pensar que tudo estava acabado. Ainda mais, diante do que acabaram de vivenciar. "Isso não tem fim?", perguntaram um ao outro.

Uma nova batalha estava prestes a acontecer. Como poderiam os dois passar por tudo aquilo novamente? Ou algo ainda pior?

Enquanto olhavam aquelas imagens em estado de paralisia, avistaram um jovem vindo em sua direção, que gritava: — Meu irmão, meu irmão, não acredito que ainda esteja vivo.

Os dois trocaram um imenso abraço e choravam copiosamente de alegria. Um abraço tão forte que, de onde a princesa estava, a visão era a de uma pessoa apenas. Mais de dez anos extravasados naquele momento, um abraço fraternal que até este dia não havia presenciado em lugar algum deste vasto mundo.

O irmão do jovem disse: — Rápido, venham por aqui, nosso tempo está se esgotando, vou mostrar a saída para vocês.

O jovem queria abraçar seu irmão por um tempo maior, conversar o que não foi falado ao longo de dez anos, saber tudo o que havia acontecido, notícias de seus pais. Ficar por um tempo em sua casa e ter a vida tranquila que imaginavam, mas notou que havia algo diferente em seu irmão, uma energia sombria. Ao virar para a direção que deveriam seguir, o jovem notou que os olhos dele estavam bem avermelhados, a cor da sua pele estava um tanto mais escura, a única imagem que veio a sua cabeça era a dos urubus que ele lutou momentos antes, mas era seu irmão. Apenas o seguiu com um ar de preocupação, sabia que o feiticeiro poderia ter feito algo de muito ruim com ele, mas a urgência do momento não permitia se debruçar na questão.

Depois de uma caminhada não muito longa, avistaram uma porta enorme de madeira, trancada por um cadeado gigantesco e todo enferrujado. Logo acima deles, os primeiros urubus já começavam a sobrevoar, foi quando o jovem perguntou a seu irmão.

— Como vamos passar por essa porta? Não vejo outra saída, estamos encurralados. Princesa, me dê a espada, vou precisar dela para enfrentar essas criaturas, não vamos conseguir passar pela porta.

— Espere! - exclamou o jovem. — O cadeado está brilhando.

Assim que tocou no cadeado, a porta começou a se abrir bem devagar, parecia que aqueles poucos segundos se tornaram uma eternidade.

O irmão do jovem olhou para o céu, enquanto a porta se abria, e tinha a certeza de que seriam atacados a qualquer momento, ninguém mais do que ele entendia a gravidade da situação. Ele queria proteger seu irmão, mesmo sabendo que poderia lhe custar a vida.

A abertura foi bem pequena, mas o suficiente para que conseguissem passar pela porta. Em segundos, ela se fechou, e avistaram a parte comercial do vilarejo, tudo muito simples, uma rua com paralelepípedos bem antiga. Avistaram algumas pessoas em uma venda, na verdade era um bar. Algumas pessoas estavam ali bebendo e conversando alto, quase gritando umas com as outras.

Um homem bem alto estava em estado avançado de embriaguez, segurava um barril de uns cinco litros e virava o bico em sua boca para beber. A bebida escorria pelo seu corpo, pelo estado em que se encontrava de embriaguez, mal conseguia segurar a garrafa. Pela cor da bebida, posso afirmar que tomavam vinho, e como no vilarejo uma boa parte era tomada pela plantação de uvas, com certeza era produzido ali mesmo pelos moradores.

Logo que passaram pela porta e viram aquelas pessoas bêbadas e malvestidas, o jovem pensou que elas poderiam ajudá-los. O desespero era tanto que nem passou pela cabeça deles que elas poderiam ser criaturas como os urubus. O jovem se virou para perguntar a seu irmão se era seguro continuar. Se aquelas pessoas iriam de fato ajudá-los, mas notou que não estava mais com eles.

— Princesa, cadê meu irmão? Não estou vendo-o.

— Estava querendo te falar, logo que passamos pela porta de madeira, olhei para trás e não o vi mais, desapareceu em segundos. Será que ele não foi à venda e entrou para pegar uma bebida? Ou algo para comermos? – perguntou a princesa, já imaginando que a resposta seria negativa.

— Pode ser que sim, vou perguntar. Seja o que Deus quiser, mas não estou com bom presságio.

— Olá, tudo bem? Estou procurando uma pessoa, meu irmão, ele se chama Marcelo de Beveren e mora aqui no vilarejo.

Um dos homens respondeu para o jovem: — Você está no Vilarejo de Alfendre, seu idiota.

E deu uma gargalhada enorme, gigantesca. O amarelo dos seus dentes podres foi o que menos assustou o casal, o tom da gargalhada, sim, amedrontou muito. Logo pegou a garrafa de vinho e virou em direção à boca, como se não bastasse o grau de embriaguez, tacou-lhe quase metade dela num único gole. Bateu a garrafa na mesa e disse: — Você está no Vilarejo de Alfendre Rafael de Beveren. – e soltou outra gargalhada assustadora. Virou para o balcão e deixou o jovem falando sozinho.

Então Rafael de Beveren olhou para a princesa e disse:

— Ele sabe o meu nome, como assim? Agora estamos ferrados de verdade.

O medo tomou conta de ambos, e olharam para o lado à procura de seu irmão. Não viram nada. Absolutamente nada.

— Por mais de dez anos não ouvia ninguém me chamar pelo nome. – disse o jovem. — Desde o momento em que fui embora deste vilarejo, encontrei aquele pequeno sítio e me apaixonei por uma linda garota.

Uma senhora de cabelos brancos, olhos grandes e avermelhados, dentes podres e bem magra, se aproximou do jovem e disse:

— A moça que trouxe aqui é a filha do feiticeiro do vilarejo de Lenz, um lugar longe daqui indo para o sul. Olhe aquelas montanhas bem distantes, lá longe, bem longe, ninguém se atreve a ir para aqueles lados, das colinas de Ohio.

Ela se aproximou ainda mais do jovem e sussurrou em seus ouvidos em um tom de voz rouco: — Sabe quem de fato é essa moça, Rafael de Beveren? – e deu um sorriso assustador, assim como o do homem.

— Senhora, não sei do que está falando, apenas me apaixonei por ela e desde então seu pai, o Feiticeiro de Lenz, não nos deixa viver esse amor.

— Seu tolo arrogante e insolente. – disse ela. — Seu idiota, amor… amor… Tudo mentira, não me venha com essas bobagens. O amor verdadeiro não existe entre um homem e uma mulher, apenas o jogo de interesses, não me venha com tolices.

Sem imaginar, ela proferiu um tapa em seu rosto com todas as suas forças, o que o levou ao chão, levantando-se em seguida sem entender absolutamente nada.

A senhora olhava o jovem de cima para baixo e aproximou seu rosto a ponto de quase encostar no dele. Olhou bem fundo em seus olhos e disse a ele com a boca um pouco aberta (demonstrando desejo de devorá-lo vivo):

— A moça por quem se apaixonou é a princesa Atanerra do vilarejo de Lenz, jamais deveria se apaixonar por ela. Seu imbecil! Na verdade, você amaldiçoou todos os vilarejos existentes por esses lados, a ira de seu pai foi tamanha que a fez recair sobre todos.

O jovem, em estado de choque e sem entender muita coisa, procurou a princesa para se apoiar e notou não haver mais ninguém, apenas os dois. Ficou então com muito medo do que poderia acontecer na sequência. O local pacato já era tomado pelo anoitecer, o sol estava se pondo, quando teve um instante de alegria pela paisagem que via e foi tomado por uma paz interior. A única coisa boa que aconteceu naquele local desde que chegaram. Enquanto divagava por poucos segundos, sentiu uma mão tocar em seu ombro, foi tomado novamente pelo medo e ouviu a voz de seu irmão, dizendo: — Precisamos sair daqui agora, chame a princesa.

Rafael de Beveren se arrepiou todo, um frio na espinha se fez de imediato pela situação e sabia que algo de ruim estava por acontecer. Os urubus se aproximavam perigosamente. Estar junto de seu irmão o deixava contente, apesar de tudo. A situação não permitia pensar em nada, muito menos perguntar onde ele estava. Seus olhos avermelhados, seu corpo escuro, como se estivesse prestes a se transformar em algo terrível, o apavorava. Não queria enxergar o que estava diante de seus olhos, mesmo vendo o que estava acontecendo no Vilarejo de Alfendre, nas colinas de Beveren, amaldiçoado pelo Feiticeiro de Lenz. As pessoas se transformavam nessas criaturas horríveis.

— Marcelo, o que aconteceu neste lugar? Preciso saber, me fale. Como essas pessoas passaram a se transformar nesses urubus de olhos avermelhados, pelagem preta brilhante e com bicos extremamente afiados? Meu Deus, você é um deles?

Ele me olhou bem no fundo dos olhos e, segurando firme em meus ombros, disse: — Precisamos sair daqui agora, as criaturas estão chegando e sei que vão te matar.

— Me fale o que aconteceu, preciso saber.

— Não sei ao certo. – respondeu. — Pouco tempo depois que você foi embora, um feiticeiro poderoso conseguiu quebrar o encantamento do vilarejo. Estava muito furioso e, sem que ninguém entendesse, ele jogou uma maldição, que permanece até os dias de hoje. Agora que está aqui com a princesa, começo a entender o motivo de tudo isso.

— Na época ele apareceu com um exército tomado por um sentimento de vingança e falava seu nome a todo momento: "Isso que estou fazendo com o vilarejo de vocês se deve ao seu querido morador Rafael de Beveren". Ele empunhou seu cajado de ouro para o alto e um estrondo se deu, imediatamente uma nuvem de escuridão se formou sobre todos, uma chuva negra caia do céu. Desde então, ao amanhecer, todos nós passamos a ser transformados em urubus e, durante a noite, temos uma vida normal. Pelo menos a grande maioria de nós.

— Alguns permanecem na forma de urubu durante a noite para vigiar o vilarejo, esses são os piores e possuem um desejo enorme de destruição. Todos que aparecem por aqui são mortos pelos urubus de hábitos noturnos, especialmente criados para esse fim pelo Feiticeiro de Lenz.

— Os moradores do vilarejo que não aceitam essa condição ou se rebelam depois de um certo tempo são devorados pelos urubus de hábitos noturnos. Esses urubus durante o dia voltam à forma humana e ficam o tempo todo bebendo nos bares do vilarejo. Não são vistos andando pelo vilarejo durante o dia. Sempre há esse revezamento. Mas a alegria, o encantamento de antes, nunca mais existiu por aqui. Nossa alma ficou fria, apenas nos sentimos atraídos pela escuridão. Nos tornamos criaturas do dia e da noite. Ao amanhecer, quando o sol nasce, a magia lançada sobre todos acontece. As piores pessoas, aquelas com uma tendência à maldade e ao lado sombrio, são as mais fortes. Transformam-se ao anoitecer em criaturas ainda mais terríveis, temidas inclusive pelos próprios moradores do vilarejo.

— Nada podemos fazer, desde então. Nos alimentamos de todas as pessoas que aparecem por aqui, durante o dia recebemos com toda atenção do mundo, bebemos e jogamos conversa fora. Deixando todos à vontade. Os urubus noturnos agem de modo a ludibriar as pessoas durante o dia. Mas ao entardecer, quando são transformados nessas criaturas horríveis, se revezam para alimentar-se das pessoas, logo após realizarem o ataque fatal.

— O feiticeiro levou nossos pais e nossa irmã naquele dia e me deixou aqui para te contar, caso aparecesse, e dizer que é o responsável por toda a maldição lançada no vilarejo.

— Não pode ser verdade, meu irmão. Também fomos enfeitiçados e desafiados pelo feiticeiro, mas jamais poderia imaginar que ele pudesse fazer algo de ruim para as pessoas que amo, ainda mais aqui no vilarejo. Até mesmo pela defesa com relação a feiticeiros. Não estou acreditando, princesa, você ouviu tudo isso?

— Estou perplexa também, como pode fazer algo tão cruel assim. Já não aceitava o que ele fez todos esses anos com a gente, mas isso aqui é inimaginável. Sinto muito por tudo isso, não tivemos a intenção de fazer mal para ninguém, ainda mais para sua família.

— Eu sei, princesa. – disse o irmão do jovem. — Seu pai é um homem muito malvado, um feiticeiro dos mais temidos e perversos do mundo. Ele ia encontrar alguma forma de colocar sua maldade em ação. O amor de vocês dois é apenas uma desculpa para tal, fez que ele direcionasse sua maldade para nosso vilarejo. Com certeza ele deve fazer algo do tipo com vários outros, com ou sem motivo, simplesmente para demonstrar seu poder.

— E nossos pais, nossa irmã, onde estão? Me conte. – perguntou o jovem rapaz.

— Ele os levou para o Castelo de Lenz, nas colinas de Ohio. Uma verdadeira fortaleza, intransponível. Desde então, nunca mais os vi, sempre sobrevoo aquele lugar antes do entardecer na esperança de encontrar alguma maneira de entrar ou simplesmente saber o que aconteceu com eles. Não pude salvá-los, meu irmão, por todos esses anos, me desculpe.

— O que é aquilo vindo em nossa direção? – disse a princesa.

— Não podemos perder um segundo sequer. - falou o irmão do jovem em tom bem firme. — São os Abutres de Àvillon, se acham que os urubus são criaturas terríveis, esperem pra ver o que esses Abutres de Àvillon fazem. Nada escapa ao ataque de qualquer um deles.

— O feiticeiro realmente quer acabar com vocês dois, ele só usa esses Abutres em situações muito especiais. Eu particularmente nunca os vi em ação. Teria que ser justo com a gente? Estamos verdadeiramente ferrados.

— Precisamos encontrar o portal mágico e sair deste lugar. Irmão, vou precisar ir com vocês pelo portal, minha intenção era ficar aqui e tentar salvar nossos pais, mas, se ficar, eles vão me matar. Não tem mais volta, ele sabe que estou ajudando vocês e que possuem a espada do vilarejo de Thoreau, a mais poderosa arma conhecida até então. A única coisa que pode destruir os poderes do feiticeiro. Apenas os descendentes dos verdadeiros samurais podem empunhar a espada. Posso até ver a cara dele quando ficou sabendo que logo você foi o escolhido para empunhar essa arma contra ele.

— Claro, meu irmão, sem problemas, jamais o deixaria aqui em perigo. Sei que a princesa também concorda.

— Sim, fico até mais tranquila com a presença dele, apesar de todo o feitiço, ele ainda consegue nos ajudar.

— Vamos então, tenho alguns minutos apenas antes de me transformar na forma de Urubu noturno e assim não consigo ajudar vocês. No meu caso, o feitiço foi um pouco diferente, posso me transformar tanto para o dia quanto para a noite. Cada semana fico de um jeito. Sou obrigado pelo instinto de matar pessoas também, uma punição a mais do feiticeiro, por ser seu irmão.

Todos correram em direção à floresta ao lado para procurar o portal, apenas os moradores conhecem esse caminho. O jovem e a princesa, quando foram para esse lugar, buscavam um local seguro para descansar, enquanto fugiam do pai da princesa. Mas não imaginavam sequer o poder do feiticeiro, bem como sua maldade. O que ele fez com as pessoas do Vilarejo de Alfendre e com os pais, a irmã e o irmão do jovem era inaceitável.

Além do seu poder de ataque, com criaturas temidas por todos, formando um exército para ele dominar o que quiser e do jeito que bem entender. Como poderiam imaginar que naquele pequeno sítio, onde vivia uma família comum, residia um feiticeiro tão poderoso? Se pensarmos na grandeza do poder que ele tem, o feitiço que havia lançado em sua filha para que nunca se apaixonasse por ninguém era um dos mais poderosos que poderia fazer. Então esse amor verdadeiro quebrou o feitiço, daí a tamanha revolta do feiticeiro. Aqui nem posso afirmar se o amor por sua filha, o ciúme doentio por ela, era o ponto principal para ele realizar os feitiços e maldades.

Com certeza não era, apenas queria que todos pensassem assim. Claro que deve ter pesado também, mas o fato de o feitiço ser quebrado, de passar uma mensagem de que ele não é indestrutível, de que o amor pode vencer sua monstruosidade, o fez realizar todas as maldades vistas até então.

Como ele viajava muito, a princesa praticamente foi criada pela mãe no pequeno sítio. O feiticeiro conseguia mantê-las alheias a tudo sem sequer imaginar o que fazia mundo afora. Sabiam apenas que era um feiticeiro, pelos encontros que promovia em sua casa, mas nada que chamasse muita atenção. Passava a imagem de ser temido em toda região e, claro, por vencer todos que o tentavam o desafiar. Era impiedoso com esses. Mas mantinha por aqueles lados um certo grau de simpatia, seu poder era conhecido e temido por todos, mas não pelas maldades, como vimos. Era muito acolhedor com as pessoas quando estava em sua casa e com os vizinhos.

Ele com certeza massacrava os seus desafetos, de modo bem discreto, mas o não deixava de fazer. Enquanto seguiam rumo à floresta, o que não era muito longe de onde estavam, muitos homens começaram a caça por eles, armados, alguns deles enormes, por volta de uns dois metros de altura.

— Vamos entrar aqui nessa caverna. – disse o irmão do jovem. — Eles estão muito próximos, não vai dar tempo de chegar aonde se forma o portal. Por aqui, venham. Esse é meu esconderijo, sempre venho aqui e nunca fui descoberto.

Fecharam a caverna com uma pedra enorme. Por uma pequena fresta ao lado da pedra que fechava a porta, dava para ver o lado de fora. — Os homens estão por todo lado, não tem como sair sem que nos vejam.

— Deixe-me ver, irmão. Eles estão armados, com clavas na mão e fogo, pois já anoitecia. Seus olhos estavam avermelhados e brilhavam como nunca, muito assustador. Seguiam pavorosos por toda direção à nossa procura. Olha os Abutres de Àvillon, estão nos braços de alguns deles, dos mais fortes, é isso mesmo? Minha nossa!

— Também quero ver. – disse a princesa. Que horror, como vamos conseguir chegar ao portal? Que criaturas terríveis, os Abutres de Ávillon, assim que nos verem, essas aves de rapina vão nos matar sem piedade alguma.

— Sim, princesa. – disse o irmão do jovem. — Essas criaturas foram criadas pelo Feiticeiro de Lenz, seu pai, elas são letais. Dificilmente saem para caça, pelo que sei, ficam apenas defendendo o Castelo de Lenz. Se estão aqui, pode ter certeza, a ordem é para matar todos nós, sem exceção.

— Irmão, cada um dos Abutres tem cerca de dois metros de altura, suas asas são enormes, o que vamos fazer agora?

— A espada que carrega é a única saída que temos para chegar ao portal. – comentou o irmão. — Ela foi forjada pelos mestres da paz, os guardiões do novo mundo.

— Foi trazida semana passada por uma moça que passava pelo vilarejo com seu pai, disseram estar perdidos, avistaram o vilarejo e entraram em busca de abrigo. Pelo menos foi o que nos contaram na mesa do bar, onde estavam as mesmas pessoas que falamos, todas embriagadas.

— Ela me procurou e disse que tinha uma encomenda para Marcelo de Beveren, que deveria ser entregue em mãos. Um pouco antes de sair disse que saberia o que fazer com ela no momento certo. Que essa espada era o que salvaria a vida de seu irmão Rafael de Beveren e da princesa, "guarde-a como sua vida".

— Então, trouxe-a para esta caverna, o único local seguro que vejo no vilarejo, depois de tudo. E hoje, quando chegaram pela manhã, soube o que fazer com ela. Joguei próximo à princesa e disse para entregar para você. A única pessoa neste mundo que pode empunhá-la.

— Eu sei, meu irmão, só não me pergunte como. Olhem, a pedra está brilhando novamente, assim que ela tocar, vai emitir um brilho muito forte. Todos os homens e os Abutres de Àvillon irão ficar com a visão prejudicada. Não enxergarão por alguns minutos. Acredito ser o suficiente para chegarmos ao portal.

A princesa disse então: — Como vamos abrir o portal e passar por ele?

— A espada cria o portal mágico – disse o irmão do jovem – desde que empunhada pela pessoa que detenha a espada. Nesse vilarejo, o portal só pode ser aberto estando ao lado da árvore milenar, a mais antiga da floresta. Quando a guardiã me entregou a espada, disse que apenas neste local o portal pode ser criado. Por sorte, conheço tudo aqui e sei onde ela fica e está bem próximo de onde estamos. Meu irmão, você vai precisar empunhar a espada em frente à árvore, tocar na pedra que fica junto ao cabo da espada, quando segurar, e dizer o seguinte:

— Eu, Rafael de Beveren, aciono o portal de Ohio, neste dia, no Vilarejo de Alfendre nas colinas de Beveren. Somente passará por ele o portador da espada, a princesa Atanerra e meu irmão Marcelo de Beveren.

A princesa estava cansada, mentalmente esgotada e muito desapontada com seu pai. Dos três, era a única que apresentava um medo muito grande, ficou impressionada com os Abutres de Àvillon, sabia que seu pai tinha dado a ordem para matá-la. Com certeza, antes do jovem, até mesmo como vingança.

Estavam a cinquenta metros do local que precisam chegar, saíram então da caverna. O jovem empunhou sua espada e o brilho refletido cegou todos os homens e criaturas que estavam ali. Saíram correndo em direção à árvore milenar para abrir o portal. Mesmo estando cegos pelo clarão, alguns homens chegaram muito perto deles com suas espadas afiadas.

O portal de Ohio se abriu logo que o jovem proferiu as palavras, e então começaram a passar por ele, sendo a princesa Atanerra a primeira. Imediatamente, os Abutres de Àvillon, mesmo com a visão prejudicada pelo brilho da espada, levantaram voo e seguiram em direção ao portal para impedir que eles conseguissem passar. O irmão do jovem Marcelo de Beveren foi o próximo a passar pelo portal. Ficando apenas o jovem rapaz.

Enquanto se preparava para passar pelo portal, um dos Abutres atacou o jovem, ferindo-o em seu ombro, o que não é comum para essa criatura. Com certeza o ataque seria fatal, por sorte o clarão da espada afetou a visão dos Abutres. Foi a primeira vez que alguém saiu vivo de seu ataque letal, são criaturas preparadas para isso. Certamente pela visão debilitada. O jovem caiu ao chão ferido e acabou soltando a espada. Podia ver o portal logo à sua frente, se desfazendo, e pensava apenas em encontrar o quanto antes a princesa.

A guardiã com certeza não avisou sobre o tempo que o portal fica aberto ou seu irmão esqueceu de passar essa informação. Outro Abutre seguia em um voo em sua direção, agora para não mais deixá-lo vivo. Não mais poderia entrar pelo portal pelo menos antes de lutar com essa criatura. Em um lance de pura sorte, conseguiu mesmo caído ao chão empunhar a espada, e a lançou ferindo no peito o Abutre, que caiu ao chão. Sem pensar ou sequer olhar para o lado, saiu correndo e se jogou pelo pequeno vão que ainda restava do portal, que logo se fechou.

Ainda teve tempo de olhar para trás e ver todos os homens e os Abutres de Àvillon recuperados da visão vindo em sua direção. Mas agora estavam salvos, o portal se fechou. Eles se abraçaram por muito tempo, choravam de alívio e cansaço. Sabiam que o Vilarejo de Alfendre nas colinas de Beveren estava sob uma energia sombria. Que era alimentada pelas impurezas das pessoas, suas facetas escondidas na escuridão, e sabiamente utilizada pelo Feiticeiro de Lenz.

Soube logo que o portal se fechou, que a destruição total do vilarejo não se deu pelo motivo de pessoas boas de coração viverem naquele local. Mesmo sob o feitiço lançado, muitos deles mantinham o coração livre dessa escuridão. O Vilarejo de Alfendre nas colinas de Beveren então iria ter uma nova oportunidade de se refazer.

A espada era, na verdade, essa luz, a esperança da bondade que existe nas pessoas. A princesa chamou essa luz de "A Luz da Vida". A magia que venceu essa batalha foi a do bem, a manifestação da luz sob a sombra, uma batalha sem precedentes que aconteceu nesse dia, no Vilarejo de Alfendre nas colinas de Beveren.

O lado doce da paixão era saboreado pelos três e, com certeza, muito merecido. Enquanto se abraçavam e se alegravam pela vitória, não se deram conta de onde o portal os tinha levado. Mas fica para um outro momento, nossos heróis precisam descansar, tiveram um dia bem agitado, concordam?

Xadrez

O tabuleiro da vida
nos apresenta para o jogo,
seguimos atentos
aos movimentos, um do outro.
Penso em você,
que pensa em mim,
movemos
e não saímos, de onde estamos!
O peão, a rainha, o rei,
xeque-mate!
Um tereré por favor?
A minha e a sua torre

O LADO DOCE DA PAIXÃO

longe, ou perto demais,
talvez!
Vou querer um chimarrão
e aquecer
o que precisa ser aquecido,
ou mexido?!
O bispo? Se moveu depois do xeque-mate!
Meu coração apenas observou,
o movimento,
esperançoso pelo resultado.
Talvez a inércia
seria desfeita
como a cuia e o mate,
como o beijo que não vem!
A lua sabe
que o lobisomem
volta à forma humana
ao amanhecer.
Move a paixão, ou não.
Tudo bem, então!
Vamos, quero ver seus olhos
olharem seus movimentos, atentos!
E que o tereré esfrie, ou até congele,
se preciso for, e mantenha você
em minha direção,
me olhando!

A dança

Senhora,
a vida de outrora
noutro tempo
nos convida para a dança.

Agora
perna manca
escandaliza a dança,
o que dizer da contradança.

Doravante
vivemos do passado
descompassados,
aquém paz.

A dança,
movimento de pernas
perversas, porvir
tendência do amanhã.

Gargantear
que aconteça a vida,
a dançarina
na dança do agora.

AS HISTÓRIAS DO GENERAL ETHAN: UM LOBO EM PELE DE CORDEIRO

A princesa se refrescava em um riacho logo pela manhã e, ao sair, foi surpreendida pela presença de Ethan, um General de aproximadamente trinta anos de idade, muito magro, alto e cabelos grisalhos, apesar da idade. Ele se encontrava todo fardado indicando que estava em serviço, mesmo logo bem cedo. Muito simpático e cativante, foi puxando conversa com a princesa de modo eloquente, falando pelos cotovelos, como se conhecessem há anos.

— Bom dia, qual o seu nome? O que está fazendo por esses lados tão cedo? Você mora por perto? Nos conhecemos? – perguntava o General, demonstrando muita felicidade.

— Bom dia! – respondeu a princesa. — Mantenha a calma, são muitas perguntas de uma só vez. – disse, um pouco assustada pela presença de um desconhecido.

— Me desculpe, é que gosto de falar um pouco. – respondeu. — Deve ter percebido. – e sorriu.

Logo que respondeu o que o General havia perguntado, a conversa foi se prolongando e ela até esqueceu de dizer que estava acompanhada e apresentá-los a ele. Uma de suas maiores habilidades é a de cativar todos já de início, muito simpático e falastrão, envolve quem quer que seja em sua conversa toda espalhafatosa, gesticulando muito e alternando o tom de voz constantemente.

Os dois conversavam naturalmente com uma tranquilidade incomum para um primeiro contato, com certeza pela simpatia do General, que demonstrava muita curiosidade em saber de onde tinham vindo. Ele presenciara quando passaram pelo portal mágico e ficou muito ansioso por se aproximar da princesa. Pelo interesse demonstrado por ele, dava a impressão de que aguardava esse momento há muito tempo.

Com seu jeito todo desenvolto, fez a princesa, no pouco tempo que conversavam, se sentir à vontade. Embora envolvida na conversa, a princesa tinha a preocupação em falar que não estava sozinha, mas ele já puxava outra pergunta ou ia mostrando algo próximo de onde estavam. O General sabia que ela não estava sozinha, mas tinha a preocupação em fazer com que ela ficasse totalmente concentrada em seus movimentos e fala. Toda a conversa se deu um longe do outro, para que ela não se assustasse com sua presença.

O General tomava o cuidado, para ser o mais discreto possível em seus movimentos. Como quem não queria nada, apenas era agradável e simpático, todo sorrateiro, em dado momento se aproximou muito da princesa, ficando com seu rosto quase que colado ao dela. Ocorreu uma troca de olhares entre eles nesse instante, muito rápido, mas o suficiente para as suas pretensões.

A princesa sentiu algo impactante e ficou enfraquecida por alguns segundos. Seus olhos se perderam na luz do sol que refletia das águas. Sua memória a levou para o momento em que se banhava no lago no sítio onde morava com sua família. E ao sair da água toda apressada, avistou o jovem rapaz, ao qual se apaixonou perdidamente, mesmo estando enfeitiçada por seu pai. O Feiticeiro de Lenz é um dos mais poderosos do mundo. E mesmo assim não resistiu aos encantos do jovem.

Ficou assustada com o que sentiu quando o General, que acabara de conhecer, se aproximou dela. O sentimento da paixão tomou conta do seu corpo e podia sentir as veias pulsarem mais forte e seu coração disparar, como se fosse sair pela boca. Não podia entender como aquilo era possível, começou a sentir uma tontura e sua vista escureceu a ponto de desmaiar. Apenas conseguiu dar um grito muito forte segundos antes de cair ao chão.

— Rafael de Beveren, me ajuda?

O jovem rapaz ouviu seu nome sendo gritado pela princesa e a viu caída diante de um desconhecido.

Seu coração disparou, quase saindo pela boca, o medo tomou conta e já pensou no pior. Saiu correndo feito um louco na direção onde a princesa estava. Mal sabia ele que a cena que estava presenciando era o menor de seus problemas.

Assim que se aproximou do General, ele com toda sua simpatia foi pedindo a ajuda dele todo sorridente, pois sabia que não era nada demais, apenas um mal súbito. Resultado do que havia acabado de fazer com a princesa. Mas somente ele no local sabia muito bem.

— Ela teve um mal súbito, deve ter sido pelo calor. – disse o general.

— Quem é você e o que fez a ela, me diga agora antes que eu acabe com você.

Enquanto o jovem rapaz ajudava a jovem, foi envolvido pela conversa do General.

— Meu Deus. – disse o jovem rapaz. Pare de falar um pouco, não consigo me concentrar em ajudá-la.

— Fique tranquilo. – respondeu. — Ela está bem. Não foi nada, apesar de muito cedo ainda, o sol está de matar. Com certeza foi o calor.

Quando percebeu, a princesa já estava bem e ele, todo prosa com o general. Acabou ficando distraído com a conversa do General, que não parava de tagarelar. Logo retomou a consciência de que precisava dar atenção à princesa e então a abraçou. Todo preocupado e enciumado, quando a viu nos braços do General.

— O que foi que aconteceu? Quando percebi estava desmaiada e diante de um desconhecido. Ele te fez alguma coisa? – perguntou o jovem rapaz à princesa.

— Agora estou melhor, recuperada. Deve ter sido o calor mesmo, não me lembro de nada. – disse a princesa.

Até este momento, tudo parecia muito normal, era comum na vida deles que a todo momento aparecessem novos personagens. Eram tão comuns as aventuras, então não tinham do que desconfiar.

Assim que a princesa se recuperou, o jovem rapaz a abraçou muito forte, entendendo que algo de ruim poderia ter acontecido. Estava distraído com seu irmão e acabou baixando a guarda, deixando a princesa ir até o lago sozinha. Os dois trocaram aquele olhar que sempre faziam quando estavam juntos.

Só que desta vez notou algo diferente, seu olhar estava tomado por uma névoa, parecia distante, vazia por dentro. Foi o que sentiu naquele momento o jovem rapaz, que não se cansava de amar a princesa. Aquele brilho no olhar havia desaparecido, ela o olhava como fazia com uma pessoa comum. O jovem sentiu sua energia sair do corpo como se tivesse sido tirada por uma lâmina superafiada de uma espada, e que acabara de atravessar seu coração. Sem reação diante do que estava se passando, sentiu uma tontura e foi apoiado por seu irmão, que estava ali há pouco tempo e nem havia percebido.

Assim que se recuperou, o General foi se apresentando e disse que viu como eles haviam chegado ali por meio do portal mágico, ao anoitecer. Então, diante da perplexidade do que presenciou, passou a noite os observando e tentando entender se eram bruxos, monstros ou algo do tipo. E caiu na gargalhada. Falava pelos cotovelos com toda simpatia do mundo, como se fossem amigos há muito tempo.

O jovem rapaz ficou tão envolvido com o General que esqueceu o que se passou quando olhou para sua amada princesa. Com certeza pensou que não era real, algo inimaginável até então, pois o amor entre eles era puro e verdadeiro. Todas as batalhas que havia enfrentado por esse amor, todo envolvimento da princesa perante a recusa de seu pai, todo sentimento entre eles não poderiam simplesmente desaparecer assim do nada. Pelo menos foi o que pensou naquele momento.

Logo, o General contou que todos ali viviam em um cenário de confabulações para uma possível guerra entre três países vizinhos. Falava com muito entusiasmo que os governantes de cada um desses países eram homens de muita honra e que se respeitavam demais, que havia um acordo entre eles, como um código de ética. Mantendo assim tudo em paz, pelo menos até então. Ele pediu para que olhassem para o riacho e de onde estavam era possível ver os três países, separados por uma montanha e uma linda floresta.

Todo empolgado, fez os seus novos amigos ficarem encantados com o seu país, principalmente quando contou que pilotava um avião de guerra e possuía uma bomba capaz de destruir um dos países vizinhos por completo. Para impor respeito, ele realizava voos periódicos para que tivessem medo dele e assim não ser atacado pelos países vizinhos.

— Venham. – disse ele para seus novos amigos. — Depois dessa pequena mata fica meu quartel-general. Posso afirmar para vocês que a visão dali é ainda mais privilegiada, vão ficar encantados com meu país, ele é maravilhoso.

Quando chegaram no quartel-general, ficaram perplexos com a beleza do lugar, todos ali trabalhavam de modo artesanal e com muito perfeccionismo. Logo atrás do quartel ficava localizado o país, cuja principal atividade era a lavoura, plantações de arroz, feijão e a criação de animais de pequeno porte. A grande maioria da população desse pequenino país era de pessoas idosas, viviam por aproximadamente cento e vinte anos, tamanha conexão com a natureza. A meditação e o trabalho feito aos detalhes, com tamanha paciência e maestria, eram sinônimos de longevidade.

O general contava que no país vizinho havia um senhor de olhos mestiços, cabelos bem pretos até a altura das orelhas, magro, de estatura mediana, pele morena e de grande sabedoria. Governava tal país e reforçava que a sabedoria era sua grande arma. Falava com muito entusiasmo e com grande admiração.

A princesa então perguntou qual era o nome do sábio.

Ele respondeu todo sorridente, como de costume: — Odillon, mais conhecido como "mestre vilão".

Ele tinha os detalhes de cada um dos países vizinhos nas paredes de sua sala no quartel, havia elaborado com muitos detalhes os mapas com estruturas, passagens secretas e a engenharia de cada um deles.

O general disse então: — A grande montanha que existe entre os países é utilizada pelo mestre para ser sua grande arma de espionagem. Por caminhos secretos ele podia entrar em cada um dos países, pela floresta, facilmente e sem ser descoberto. Um trunfo que utilizava sempre que necessário para saber o que seus oponentes estavam fazendo e detalhar a defesa de seu país. E até mesmo se preparar para um ataque caso entendesse fosse necessário. Sempre estava um passo adiante dos demais.

A floresta bela e grandiosa não permitia que amadores a atravessassem, as trilhas eram repletas de armadilhas que a própria natureza havia construído. Muitos tentaram desafiar a floresta, mas caíram um a um, tornando-se assim a mais temida de todas. Conta a lenda que homens destemidos, sábios dos mais renomados mundo afora, tentaram passar pela floresta sem sucesso e logicamente querendo atacar o país do mestre sábio.

Em determinadas trilhas, a floresta se moldava de acordo com os maiores medos e pesadelos de quem estava tentando atravessar. Por meio de ervas alucinógenas, enlouquecia as pessoas, fazendo viverem as mais terríveis situações em suas mentes. Elas se perdiam e eram devoradas pelas espécies carnívoras ou morriam por falta de alimentação, bebida, picadas de insetos venenosos e tantas outras situações.

O general, ainda em estado de muita admiração, continuava falando sobre o mestre sábio.

— O mestre "Vilão" era dotado de uma sabedoria fora do comum e de um controle total de sua mente. – conta, entusiasmado. Eu o conheço como ninguém, com certeza é o melhor amigo que encontrei nesta vida. Tenho ele como um irmão.

O tratado entre os países era o de viverem em paz, cada um com seus costumes e estilos de vida. Sem nenhuma interação entre eles, a não ser pelos representantes de cada país. E costumavam se encontrar para ajustar esse pacto de segurança, o que os tornaram muito próximos.

— Sabe, princesa, ele é muito perspicaz, olha só o que é capaz de fazer ainda, além de tudo o que já contei para vocês. Como não admirar uma pessoa assim como ele. Na floresta, existem lobos ferozes que se alimentam de pessoas, muito ágeis, fortes e rápidos. Os caçadores que se aventuravam na parte mais branda da floresta eram atacados primeiramente por jovens lobos, que eram muito letais. O mestre controlava cada um deles, toda a manada. Ele possui uma ligação espiritual com os lobos, uma espécie de magia, uma ligação incrível.

Marcelo de Beveren perguntou ao General: — Como alguém pode controlar uma manada de lobos? Isso é impressionante. Se eu tivesse um poder assim nem sei o que faria.

— Por isso o admiro muito. – respondeu o General. Com todas essas habilidades e pela sabedoria que tem, ainda é dotado de uma ligação espiritual com todos os lobos da floresta. E mesmo assim é uma pessoa dócil e de muita humildade.

Rafael de Beveren completou: — Facilmente poderia efetuar um ataque aos países vizinhos pela floresta com os lobos.

— Com certeza. – respondeu o general. Talvez essa a necessidade de conhecer todos os detalhes de cada país vizinho. Atacar os pontos mais importantes e vulneráveis pela surpresa que poderia impor em um ataque desse tipo. Os lobos com certeza deixariam um rastro de destruição terrível, enfraquecendo as forças do inimigo.

— General, sabendo de tudo isso, que inclusive ele fica bisbilhotando seu país, ainda assim é amigo dele? – perguntou Marcelo de Beveren, intrigado com a situação.

— É melhor tê-lo como amigo do que como inimigo, compreende? – respondeu.

O General, enquanto falava do mestre sábio, muitas vezes se emocionava e um nó na garganta era notado em sua fala algumas vezes. A ligação afetiva entre ele e o mestre era muito forte. Logo que terminou de contar um pouco da história do país e do sábio, nos disse: — Falta falar do último governante: o cientista.

— Ele, de início, nos causa um temor grande, até mesmo pelo seu porte físico, extremamente forte. Com o passar do tempo, ao se aproximar dele, acaba por entender um pouco mais muitos de seus comportamentos.

A princesa disse: — Só pelo tom de voz que está falando a respeito do cientista, já fiquei com medo dele.

— Realmente, princesa. – continua a dizer o general. — Ele é um homem intrigante, que em nome da ciência é capaz de fazer qualquer coisa, não consigo nem imaginar do que seria capaz de fazer. Embora o conheça também muito bem, seria incapaz de confiar totalmente nele.

Rafael de Beveren, também fascinado pelo cientista, pergunta qual o nome dele.

Responde então o General: — Ele se chama NardonPaolli e faz questão de dizer que é tudo junto, um nome apenas. Besteira esse negócio de nome e sobrenome. Utiliza seus conhecimentos para realizar experiências de todo tipo em seu laboratório.

Marcelo de Beveren, diante da possibilidade de encontrar uma pessoa que possa atuar em seu propósito, pergunta ao General: — A quais tipos de experiência você se refere? Ele deve ser muito poderoso mesmo, pois tem um laboratório para fazer seus experimentos.

— Pode ter certeza de que é muito poderoso. – responde. Pena que não utiliza seus conhecimentos, estrutura e habilidades apenas para o bem. O laboratório é o mais avançado de todo mundo, não se sabe como ele consegue estruturar tudo aquilo. Penso que uma das buscas do mestre vilão é tentar descobrir de onde ele recebe os materiais.

Seu país era o mais desenvolvido dos três, um lugar repleto de tecnologia. A maioria de suas engenhocas e invenções era colocada em prol de ajudar os moradores. O conforto da população era seu principal objetivo, para assim ludibriar todos com suas terríveis experiências. Claro que desenvolveu uma arma para poder competir com seus países vizinhos e ser temido pelos demais.

Desenvolveu um produto químico que explodia e pulverizava as pessoas em segundos, e liberava uma fumaça que sufocava até a morte quem estivesse por perto. Era uma arma letal e direcionada a quem ele quisesse. A vítima era pulverizada de imediato pelo produto, logo após a explosão. E em poucos segundos sufocava quem estivesse por perto. Na verdade, a pessoa nem ficava sabendo o que aconteceu, era tudo muito rápido, segundo ele próprio. Não cansava de contar aos seus amigos dos países vizinhos a respeito de sua grande arma. Com certeza intimidá-los era seu principal objetivo.

Rafael de Beveren pergunta então: — Como ele é? Fiquei muito curioso por esse cientista.

O General então responde um tanto preocupado. Era a expressão que sempre ficava quando falava do cientista. Toda a sua simpatia e cordialidade de costume sumiram ao falar sobre ele.

— Um senhor de meia idade, muito forte e aparentando ser um troglodita, de barbas sempre por fazer. Não era muito chegado a tomar banho, passava dias, semanas e até meses envolto em seus experimentos. Sobrando tempo apenas para comer, comer e comer. Sua força física era invejável, muito forte, o que já causava medo nas pessoas. Tinha uns dois metros de altura, um paradoxo de troglodita com um cientista dos mais inteligentes já vistos. Um sábio que utilizou da arte de enganar pessoas, para que topassem fazer parte de suas experiências, e muitas delas não saíam vivas, dizia que tudo era em nome da ciência.

— Ele então, com certeza, torturava pessoas até a morte, que horrível. – exclamou a princesa.

— Eu nem gosto de ficar falando sobre ele. – disse o general. Toda vez sinto um mal-estar quando começo a pensar no que ele faz enquanto falo. Eu não consigo entender. Quero que os conheça em breve, irão ficar encantados e intrigados ao mesmo tempo.

— Era conhecido como o homem da evolução científica do país e tudo que fazia era para o bem de todos, muito falastrão e beberrão quando não estava em suas pesquisas. Claro, muito gentil e de ótima relação social. Na verdade, usava dessa estratégia para atrair pessoas para seu laboratório, a fim de testar o que sua mente brilhante imaginava e julgava ser bom para seu país.

— O grande trunfo que ele usava era o de que muitos de seus inventos ajudavam as pessoas da época, como catapultas, instrumentos de irrigação, fontes de água mineral, entre tantos outros. – relatou o General. — Mas era conhecido pelo seu lado sombrio e destruidor, aqui ele se transformava. Relata inconformado, ainda mais o conhecendo pessoalmente. Não consigo mesmo acreditar nessa dupla personalidade dele.

Marcelo de Beveren comenta: — Como pode falar em dupla personalidade, isso não existe. Ele com certeza é uma pessoa muito má, tais atrocidades não justificam que ele seja bom.

— Entendo seu ponto de vista. – disse o General. — É como quando estou em um campo de batalhas e devido às circunstâncias do momento acabo cometendo atrocidades próprias do cargo e da situação. Como em uma guerra, por exemplo. Mas no dia a dia sou uma pessoa de bem e honesta.

— Nesse caso posso até entender que isso aconteça mesmo. – respondeu Rafael de Beveren ao General.

— O cientista, quando está vestido de pesquisador, ele é como um general no campo de batalhas. Ele pesquisa, como já disse antes, coisas boas para seu país, como armas de destruição, e para isso era implacável e cometeu muitas atrocidades.

O tema em questão é um tanto polêmico e gera pontos de vista diferentes, o general não concorda com as maldades do cientista, mas o compara a ele quando está em um campo de batalhas. Na verdade, a amizade com o cientista acaba por influenciar sua opinião sobre ele. Mesmo porque todas as maldades do cientista não são declaradas por ele, inclusive mantém sob sigilo. Mas à boca pequena todos sabiam o que ele fazia e muitos moradores entendiam ser necessário para o desenvolvimento de seu país.

A princesa fica um tanto revoltada quando ele fala que muitos moradores aceitam tais atrocidades.

— Não posso acreditar no que acabara de dizer. Os meios não justificam os fins. Isso é o que há de mais sagrado nas relações humanas, ou, pelo menos, deveria ser. Respeitar a vida do próximo é o mínimo que se espera de alguém. Agora que não gosto dele mesmo e não tenho intenção nenhuma em conhecê-lo.

— Sei que causa revolta mesmo. – respondeu o General. — Ele é bem dual mesmo, realiza pesquisas sobre o desenvolvimento de remédios para curar as pessoas. Salvava e destruía vidas, assim como sua personalidade. Comunicativo, gentil, beberrão e, ao mesmo tempo, um homem cruel e impiedoso.

Rafael de Beveren comenta com a princesa: — É melhor ser amigo dele mesmo do que tê-lo como inimigo. Mas será que ele é incapaz de fazer alguma atrocidade com um de seus amigos? Pelo que nos contou, não dá para confiar. Eu ficaria com os dois pés atrás, não apenas um, e o olho bem aberto.

— Você tem razão nessa parte. – disse o general. — Mas acredito que a amizade é muito importante para ele também. Ficaria despreocupado quanto a isso, mesmo não confiando plenamente nele, mas em quem podemos confiar em sua totalidade?

— Mas uma coisa ele prezava muito. A honra de cumprir com sua palavra. Por isso, acredito que a amizade para ele é uma questão de honra.

Um acordo de paz havia sido feito com os demais países há muitos anos e na época concordou com a boa política entre os povos. Acontece que a gana de poder tomou conta de seu ser, o ego falou mais alto, e a necessidade de ser admirado pelo mundo e utilizar de novos conhecimentos o fez começar a pensar em como fazer para desfazer esse acordo sem que ele o quebrasse. Já vislumbrava vender suas engenhocas para outros países e enriquecer ainda mais, poder adquirir novas tecnologias para vislumbrar novos inventos.

Uma coisa que o deixava angustiado era não poder testar algumas de suas armas em um povoado, uma cidade ou até mesmo um país. Mas o acordo o impedia de tal feito. Passou então a querer dominar seus vizinhos e expandir seu poderio para outros lugares, muito astuto e hábil na comercialização de seus inventos. Tinha como certo ser respeitado mundialmente e ganhar muito dinheiro e fama.

Seu arsenal de armas estava ali parado, algumas que lançavam bolas de fogo, flechas mortais e carrinhos puxados a cavalo que eram envoltos em lâminas afiadas que iam cortando quem estivesse pelo caminho. Outras lançavam pedras enormes, com grande poder de destruição. Sabia que o ser humano sempre estava envolvido em uma guerra e com seus inventos poderia negociar como quisesse.

Devido a sua habilidade de vender, começou a incomodar seus vizinhos, pois a venda de suas engenhocas o deixava cada vez mais rico e estava se tornando conhecido por lugares distantes. Seu ego ficava cada vez mais tentado a dar o grande passo, que na cabeça dele teria que ser feito, mas ainda não tinha coragem. Cada vez mais gostava do que estava acontecendo. Não era apenas um cientista, mas começou a ganhar muito dinheiro e fama. E como gostou de tudo isso.

Ele se aproximou do capitão e do mestre com sua fala fácil e articulada. Foi conseguindo o que queria, ir se aproximando de ambos. Os anos se passaram e se tornaram amigos, mas sua ganância pela ciência o fez começar a quebrar alguns combinados de livre comércio. Assim a relação entre eles ficou um pouco arranhada, a confiança já não era mais a mesma. Seu comportamento era motivo de preocupação. Começaram então a fazer um jogo político com o objetivo de dar algumas lições em NardonPaolli, e a coisa ficou um tanto tensa.

Sempre se reuniam no quartel-general em um clima de amizade e cordialidade, mas ultimamente já não estava sendo assim. Todos estavam desconfiados dos passos que cada um deles poderia dar. O general intensificou seus voos para intimidar seus amigos, não podia acreditar que o tratado seria quebrado por algum deles. Era mais para dar uma lição e assim retomar os bons tempos e continuar em paz, ele gostava muito dos encontros que faziam. Mas o cientista resolveu então quebrar a aliança.

O quartel-general era o local onde os três representantes, um de cada país, se encontravam regularmente. Um local incrível, de muita beleza e organização. Certo dia, em um desses encontros estava no vestiário um dos lobos do Mestre Odillon, pois este já não confiava mais no cientista. O lobo estava escondido, sentado no canto em um banco de madeira que impressionava até mesmo o lobo pela sua beleza.

De repente, ouviu um estouro e logo na sequência uma fumaça um pouco avermelhada foi tomando conta do lugar. Fazia pouco tempo que o lobo havia acordado, com o corpo todo dolorido de tanto que tinha dormido, seus olhos queriam permanecer fechados. O desejo de dormir mais um pouco era muito forte.

Ainda sonolento e assustado pelo estouro, sabia que a fumaça que estava vindo em sua direção era fatal. Precisava sair dali o mais rápido possível, sentia que aquela fumaça avermelhada poderia ter sido um ataque do cientista. O lobo rapidamente se recuperou do sono e conseguiu sair pela janela segundos antes de a fumaça chegar até o local onde estava. E então passou a mensagem para a manada de lobos.

— Estava no vestiário para acompanhar o encontro marcado pelo cientista NardonPaolli com os demais representantes de cada país, o general e o nosso mestre. O encontro desta vez foi solicitado pelo cientista para uma possível conciliação de paz, para evitar os rumores que rondavam os três países, de um desentendimento entre eles e uma guerra iminente. O mestre solicitou que fosse junto, pois sentia que algo estava diferente. Temia por algum ataque do cientista aos países.

Eles eram muito amigos. De início, todos criaram suas defesas e uma forma de atacar o outro, para que fossem respeitados. É lógico que deu certo, eles temiam o que cada um havia desenvolvido, o respeito entre eles partiu da força de cada um deles. Com o tempo, nessas reuniões para ajustar o acordo de paz, acabaram se tornando amigos, por anos esses encontros faziam parte da vida deles. Mesmo querendo mostrar suas forças e o que aprimoraram de armas e estratégias de ataque e defesa. Sempre chegavam a um consenso, e tocavam suas vidas.

Pelo menos até esse momento, alguma coisa ficou diferente e, com certeza, aquele estouro no vestiário, no local marcado para a reunião, era um indício claro.

O lobo relatava ainda aos seus companheiros.

— Não tenho noção ainda do tamanho e das proporções do que poderia ter sido feito pelo cientista, mas a certeza estava bem diante de meus olhos. Ao sair do sono profundo que me dominava e pular a janela logo acima do banco onde estava deitado, o cientista falava com um de seus empregados o seguinte: "O ataque próximo à Fortaleza de Khorton foi obra deles, não posso admitir que façam qualquer ameaça neste local, isso não posso admitir, infelizmente foram longe demais desta vez. Agora o que está feito não tem volta, que Deus tenha piedade de nós".

Os dois representantes dos países e amigos do cientista se uniram para demonstrar suas forças, tentar conter as maluquices e os planos gananciosos. Algo que não tinha sido feito até então, sempre demonstrava suas forças individualmente. Mas desta vez, percebendo que NardonPaolli estava muito diferente, preocupados, juntaram suas forças para dar um aviso. Na verdade, a intenção deles era a melhor possível. Apenas mostrar para o cientista que era melhor manter o combinado entre eles ou iam se unir e barrar seus planos gananciosos.

O ataque de aviso foi uma bomba bem ao lado da Fortaleza de Khorton e alguns lobos invadiram a cidade em três pontos estratégicos, atacando algumas pessoas e criando pânico. A Fortaleza de Khorton, até então, no entendimento do cientista, era secreta. Estava sob ameaça. A certeza de que seus "inimigos" não tinham conhecimento desse local o deixava confiante. Quando percebeu que fora ameaçado no coração de suas forças, que poderia perder tudo o que havia construído e seus planos futuros, enlouqueceu de vez.

Agiu pela emoção, ficou completamente alucinado e decidiu fazer uma armadilha para seus dois amigos. Marcou um encontro de reconciliação logo após o ataque efetuado por esses amigos logo nos minutos seguintes. Em menos de trinta minutos, todos estavam frente a frente na entrada do vestiário no quartel-general.

Poucas vezes fizeram seus encontros rotineiros nesse local, apenas quando a situação ficava mais tensa. Claro que a reunião de emergência marcada por ele não levantou nenhuma suspeita de que poderia fazer algo contra eles pessoalmente. Ambos acreditavam que o resultado seria positivo, ou na pior das hipóteses, teriam que ficar de alerta por um bom tempo.

Os três estavam prestes a entrar no vestiário quando o cientista disse: "Podem ir entrando, esqueci meu chapéu no carro, vou buscá-lo e já volto". A inocência de ambos diante da situação deixava bem claro que confiavam no caráter do cientista. Mesmo diante de uma postura diferente de um tempo para cá. O lobo disse então à manada:

— Mesmo sob um sono tremendo, ouvi quando entraram no vestiário e conversavam sobre algumas condições para um acordo de paz. Pude ouvir toda a conversa desde a entrada no vestiário. Logo que entraram, ouvi o estouro e a fumaça avermelhada tomando conta de tudo. Acredito que eles foram mortos pelo cientista.

Enquanto falava para seu fiel funcionário que havia acabado com seus dois amigos e rivais, que foram diluídos pelo produto que acabara de estourar.

Agora não sobrou nada deles, ninguém vai sequer imaginar o que aconteceu com eles. O produto que desenvolveu, impiedosa e cruelmente desaparecia com seu alvo. Não sobrava nada, simplesmente a pessoa desaparecia e nenhum vestígio ficava no local. Como uma mágica, um feitiço. Era a primeira vez que usava essa arma, claro, sem ser em seus temidos testes.

Com a consciência retomada e já fora do vestiário, pude vê-lo saindo em seu carro, um tanto nervoso, mas não entendendo ainda o que estava acontecendo. Indo em direção à floresta para contar aos demais, no meio do caminho lembrou que estava perto de onde o mestre rezava em uma capela ao lado da pedra da ursa branca. Todos os dias no mesmo horário, era um ritual. Imediatamente se dirigiu até o local na esperança de encontrar o mestre. Desesperado, percebeu que realmente o cientista havia desferido um golpe fatal em seus amigos.

Até chegar à pedra da gruta, o lobo pensava ter sido um pesadelo, mas a conversa que ouviu do cientista o fez ter certeza de que era real. O lobo então decidiu voltar para o vestiário na esperança de os encontrar todos bem.

Entrou no vestiário para ver se encontrava os dois em algum lugar ali. Foi como se eles não tivessem entrado nesse local, vasculhou cada canto, cada detalhe daquele lugar. Diante da fala do lobo, toda a manada começou a uivar como nunca. Foi uma despedida de seu grande mestre.

Apenas ser

O pensamento me visita,
me distrai,
me leva para longe.

Sinto os pensamentos,
as emoções,
me perco!

Em minhas verdades.
Em minha essência.

O pensamento,
entra e sai,
se vai!

Corre, quica,
como a bola,
o silêncio se esvai, pelos dedos.
É preciso estar por inteiro,
no agora.
Não pensar.
Não fazer.
Apenas ser!

Desejo

*Longe de ti
desejei um tablete
de goiabada – cascão,*

*tinha agora
o doce que me negou
um efeito em meus lábios – sem efeito*

*sua mente e seu coração
eram presa fácil,
pensei,*

*longe de ti,
com o passar do tempo – desejei
outro tablete de goiabada cascão*

*o doce não doce senti
em meus lábios
longe de ti*

*gastei todo o meu tostão
em vão
com goiabada – cascão*

A TRAIÇÃO DO CIENTISTA E O ANEL DE AKREDON

A traição do cientista junto aos dois governantes dos países vizinhos e amigos logo se espalhou pelos países. Motivo de grande indignação e revolta pela grande maioria da população. A crueldade por parte do cientista provocou um sentimento de medo pelo que ele poderia então fazer de agora em diante. A preocupação ficou ainda maior, pois temiam ser o começo de uma nova era de dominação e poder. O que de mais sagrado possuíam era a liberdade e o respeito pelas pessoas e pela natureza. A política da boa vizinhança era mantida pela ótima relação entre seus líderes. O acordo que fizeram por serem homens de palavra e honra estava acima da ambição de cada um deles. Mesmo com as peculiaridades de como administravam, da personalidade e os interesses de cada país. Sempre encontravam uma maneira de manter tudo na mais perfeita harmonia e viviam conforme seus costumes e singularidades. Pelo menos por muitos anos foi assim e tinham certeza de que jamais iria acontecer algo diferente.

Quando o jovem rapaz e a princesa ficaram sabendo do acontecido, estavam na sala de descanso do quartel, ainda encantados com tudo o que o General os havia contado no dia anterior. Ficaram perplexos e sem saber qual o próximo passo que deveriam dar desde então. Ainda não tinham noção do que tinha acontecido logo no primeiro momento em que se encontraram com o General. A amizade que parecia ter se iniciado naquele momento dava a impressão de ter uma vida longa e de momentos felizes, o que não era muito difícil de acontecer, devido a sua habilidade de persuasão. Decidiram então aguardar um pouco a situação se acalmar e buscar saber o que seria deles no quartel. Se teriam que sair logo de imediato ou poderiam ficar por ali por um ou mais dias.

Enquanto aguardavam um tanto chateados e perplexos pela situação que estavam vivenciando, apareceu uma pessoa responsável pelo quartel e pediu-lhes que continuassem por mais alguns dias até que tudo se resolvesse. Não havia a obrigatoriedade de saírem na correria, pois não tinham nada a ver com a morte do General. Todos no local estavam ainda sem acreditar e saber o que seria a partir desse momento. O General era muito querido por todos de seu país, ainda mais em se tratando de onde morava. As pessoas que conviviam com ele no quartel eram muito privilegiadas, pelo menos era o que diziam para todos que ali chegavam para se hospedar. A tristeza era geral e nem o funeral era possível fazer. Nem o corpo havia escapado da ira do ataque desferido pelo cientista.

Tudo ainda estava incerto, embora o ataque não tivesse sido assumido pelo cientista, os rumores davam como certa sua participação efetiva nessa tragédia. Inclusive tamanha era sua falta de caráter que havia apresentado uma prova de que não tinha nada com o suposto ocorrido. Chorava copiosamente pelos amigos que se foram, muitos acreditam que o arrependimento tomou conta dele assim que percebeu o que havia feito. Algo a se pensar, mas pouco provável.

Rafael de Beveren, o jovem rapaz, ficou sabendo que os lobos haviam dado a informação do ataque contra o seu sábio mestre, e para a surpresa de todos contaram os detalhes de como aconteceu. A ligação espiritual entre eles foi fundamental para a elucidação dos fatos. A conexão espiritual entre o mestre e os lobos era de aceitação geral de cada um dos países, inclusive pelos membros do conselho.

Oito generais formavam uma comissão de paz, que foi criada há muitos anos para regulamentar o funcionamento e ações de cada um de seus líderes. Diante do ocorrido e das informações recebidas por um deles, de forma sigilosa e com provas contundentes, os generais do conselho se dirigiram à Fortaleza de Khorton e confirmaram tudo o que aconteceu e como foi o ataque.

O cientista estava seguro de que o local era totalmente desconhecido, inclusive pelo conselho dos generais, e não se preocupou em eliminar as provas de seu plano terrível.

O conselho dos generais se reuniu ao redor do altar de Mítiga – o olho que tudo vê. Abriram a porta da terceira dimensão e prenderam o cientista nas ruínas de Akredon. Uma dimensão paralela ao mundo em que viviam. Somente os mais terríveis criminosos eram enviados para esse local, independentemente de qual país fazia parte. Era uma das únicas regras que valiam para todos e definidas pelo conselho dos generais. O acordo entre eles permitia que alguém que cometesse um crime assim fosse enviado para as ruínas de Akredon.

O conselho era soberano e tinha como incumbência manter a paz e a ordem. Os líderes de cada um dos países tinham autonomia no gerenciamento político, mas jamais poderiam atentar criminalmente contra um deles. Ainda mais pela relação que existia, de uma boa convivência, o que era visto com bons olhos pelo conselho.

Uma traição desse porte jamais seria perdoada por eles e era uma determinação do conselho dos generais. Uma forma de resguardar cada um dos países diante de uma ação isolada de qualquer um deles. Evitar que houvesse por parte dos governantes um ataque entre eles. Caso acontecesse um ataque entre seus líderes, qualquer que fosse ele e se tivesse o agravante de ser desleal, a punição seria proporcional à crueldade do ato.

Em se confirmando a autoria do crime, ele seria enviado para a Ilha de Akredon. A ilha era uma verdadeira tormenta. Um lugar incomunicável, apenas o conselho dos generais poderia enviar alguém para lá. E por definição, nenhum dos membros tinham o poder de libertar um prisioneiro. A decisão deveria ser com base em dados concretos. Uma vez tomada, não teria mais volta.

Os membros do conselho dos generais perdiam a ligação com a ilha, e quem fosse enviado para lá ficaria preso para sempre. Era a mensagem que passavam para a população de cada país, sabiam que era uma pena de morte.

Em alguns meses, a pessoa deixaria de existir. Esse tempo era de grande tormenta, o crime cometido se voltava contra a pessoa, poderes malignos entravam em sua mente e criaturas mentais a dominavam e a faziam sofrer do mesmo mal que cometia. O olho por olho, dente por dente. Eram implacáveis em suas punições. Motivo que nos últimos duzentos anos o cientista foi o segundo a ser enviado para este local, era algo horrível o que acontecia com quem ali estivesse. A pessoa acabava implorando pela morte.

O jovem rapaz e a princesa perceberam que algo de errado estava acontecendo. Aquela troca de olhares entre ela e o General não foi por acaso, não foi uma mera coincidência. Embora o General fosse uma pessoa de extrema simpatia, falastrão, muito simpático e até mesmo atraente.

Naquele instante, ele retirou a alma da princesa sem que ela sequer imaginasse ser possível alguém fazer algo assim. A princesa não estava mais em seu corpo, sua alma havia sido enviada para outro local, foi deixado um vazio em seu interior. O incrível é que por um determinado tempo a pessoa ainda mantinha suas características comportamentais, mas o sentimento não existia. Qualquer que fosse ele. Por essa razão, quando os dois se olharam quando o jovem rapaz a encontrou caída diante do General, percebeu algo diferente na princesa. Um vazio imenso em seu olhar. Era como se ela não estivesse mais em seu corpo.

Foi o que seu irmão encontrou no quarto do General. Logo após a notícia da morte. O irmão de Rafael de Beveren estava indo em busca de notícias e procurava saber o que poderia acontecer com eles. Quando teriam que sair do quartel, por exemplo. Ele não conseguiu ficar aguardando alguém vir falar com eles e saiu em busca de algo que pudesse ajudar. Na verdade, ele sabia que algo de ruim havia se passado com a princesa e estava preocupado com o que fariam com eles.

Nesse instante, descobriu uma porta secreta ao tropeçar escadaria adentro e se viu no quarto do General. Dava até a impressão de que sabia como chegar. Mas vamos fingir apenas que foi uma mera coincidência. O que de fato pode ter sido, ou não. Era o lugar mais adequado para ser encontrado naquele momento.

Tomado por uma curiosidade incomum, começou a vasculhar todo o quarto do General.

Havia algumas fotos da princesa e de seu irmão em uma das escrivaninhas, essa se localizava bem ao lado de sua cama. Já de imediato chamou sua atenção e começou a procurar algo por ali mesmo. Pensou: "Como pode ter fotos do meu irmão e da princesa aqui no quarto do general?".

— Tem algo de muito estranho acontecendo por aqui. – exclamou Marcelo de Beveren. Como pode ser? Não faz sentido termos algum envolvimento com essa dimensão.

Chegamos por acaso neste mundo, fugindo do Vilarejo de Alfendre nas colinas de Beveren daqueles Urubus terríveis. Pegamos o único portal que existia no local para sairmos em segurança. Enquanto pensava em novas possibilidades, como chegaram ali e o porquê de essas fotos estarem de posse do General, levantou a possibilidade de aquele encontro não ter sido apenas uma coincidência.

Indo mais longe ainda em seus pensamentos, o portal pelo qual passaram enquanto fugiam também poderia ter sido parte de um plano. Qual o verdadeiro motivo de estarem neste local? O que o general pretendia fazer com cada um deles, principalmente com seu irmão e a princesa?

Não encontrando nada na estante além das fotos, olhou debaixo da cama, guarda-roupas, e foi então que em um pequeno baú localizado no banheiro, ao lado de uma cadeira de descanso, encontrou um pequeno espelho. E nele estava escrito: "A princesa de poder imenso e de uma bondade sem fim não resistirá à magia do Anel de Akredon". E fazia uma citação ao diário do General.

Continuou então a vasculhar o baú à procura do diário, buscava pelo banheiro onde estaria e não encontrava nada. Até se sentou no vaso sanitário, pensando em de repente abrir uma porta secreta, um armário secreto, a imaginação dele buscava qualquer pista de onde poderia encontrar.

Decidiu revistar novamente o baú, e para sua surpresa estava escondido embaixo desse baú, em um suporte de madeira, algo bem simples. Como o General jamais imaginava alguém chegar até seus aposentos, não teve a preocupação de elaborar um esconderijo que apresentasse tanta dificuldade. O diário dele estava bem visível para quem tivesse o mínimo de interesse em vê-lo.

Realmente o diário do general trazia exatamente o que ele deveria fazer, cada detalhe, cada fala, gestos, o modo de se vestir, o horário e o dia em que a princesa iria aparecer, para seu espanto. Como sabia até o dia que chegaríamos neste mundo? Então a resposta para o que havia acontecido com a princesa estava descrita em letras maiores.

"A alma da princesa será retirada de seu corpo imediatamente ao pisar neste mundo pelo poder do Anel de Akredon e será aprisionada no diamante vermelho retirado das profundezas do manto terrestre pelo sábio que habita o Mundo da Sabedoria". Então exclamou:

— Meu Deus, não pode ser! É muito pior do que imaginava. A alma da princesa está aprisionada no castelo.

Ouviu algumas vozes dos criados vindo em direção ao quarto e não poderia ser visto. Aproveitou a porta que estava aberta e saiu correndo sem ser notado. Só pensava em contar para seu irmão. Sua face demonstrava tamanha preocupação pelo que acabara de descobrir. A Rainha Vermelha poderia ser libertada, o que seria o fim do Castelo de Coração e consequentemente deles e da princesa.

Esperou um pouco e logo encontrou seu irmão, mesmo temeroso com a situação, contou o que acabara de encontrar no quarto do General. Tomou cuidado para que a princesa não ouvisse a conversa.

O diário do capitão estava em posse deles e precisavam sair dali o quanto antes. Foram para o quarto onde estavam hospedados, deixaram a princesa descansando e começaram a ler o diário. Entenderam então o que o capitão havia feito com ela e seus planos para o jovem rapaz. Só tinham uma certeza neste momento, a urgência em saírem do quartel-general. Encontrar o Mundo da Sabedoria passou a ser prioridade para eles agora.

O Anel de Akredon deveria ser encontrado por eles antes de irem embora do quartel-general, mas não sabiam por onde começar. A dúvida que passava em suas cabeças era a de encontrar o Mundo da Sabedoria ou tentar encontrar o Anel de Akredon. Então decidiram ir ao encontro do Mundo da Sabedoria.

Para a surpresa deles, quando já estavam prontos para partir, aproveitando que todos estavam preocupados com o acontecido com o general, já se rompendo os limites do quartel a princesa avistou uma figura em uma pedra enorme que estava ao lado de uma árvore gigante próxima ao portão de saída. Parou por alguns segundos e disse:

— Vejam! Apontava para uma pedra enorme.

Não acreditaram no que viram logo que se aproximaram da pedra. Como seria possível algo assim?

Eles estavam em outra dimensão e em outro mundo. Mesmo depois de enfrentar a batalha no labirinto de coração, a batalha no Vilarejo de Alfendre, agora tudo isso que estavam passando tinha alguma ligação?

Foi justamente o que viram. A imagem do labirinto de coração desenhada na pedra e os detalhes do desenho deixaram-nos perplexos, mais do que isso, a imagem de uma jovem logo na entrada do labirinto de coração segurando uma rosa roxa em uma das mãos, um anel quebrado na outra e um coração partido ao meio.

Não tiveram nenhuma dúvida de quem era a jovem desenhada na pedra, tratava-se da princesa. Ficaram perplexos, paralisados por um bom tempo, sem dizer uma palavra sequer. O jovem disse a seu irmão:

— Não podemos ir embora, precisamos descobrir o que quer dizer essa imagem e saber para onde a alma da princesa foi enviada pelo General. Temos que encontrar o Anel de Akredon, será que está aqui no quartel?

Voltaram em busca de respostas e na expectativa de encontrar o Anel de Akredon, era preciso investigar todas as possibilidades antes de partirem. Só assim saberiam quais os próximos passos que seriam dados por eles.

O jovem rapaz disse a seu irmão:

— O que vamos fazer? O General não está mais entre nós. Pensei em procurar o sábio mestre e perguntar, mas também se foi. Até mesmo me passou pela cabeça em ir falar com o Cientista. Apesar do que fez, ele conhecia muito bem o General, mas fora enviado para as ruínas na ilha de Akredon. Seu irmão disse então:

— Calma, Rafael de Beveren, vamos encontrar algum caminho. Lembra de tudo o que já passamos até aqui, vai aparecer alguém para nos ajudar. Isso sempre aconteceu e não vai ser diferente agora. Vamos descansar essa noite, amanhã é outro dia. Estamos de cabeça quente, nossas ideias não funcionam bem assim. Eu também preciso entender muita coisa depois do que li no diário do General.

E foram então para os aposentos e tiveram uma noite para esfriar a cabeça. Logo pela manhã, a camareira apertou a campainha do quarto, isso por volta das onze horas. A princesa que acabara de se arrumar foi atender a porta. A camareira, ao ver a princesa, disse:

— Você é muito bonita, sabia?

A princesa, meio sem graça, fez um sinal positivo com a cabeça. A camareira continuou a falar:

— Sei quem você é, sua imagem é de conhecimento de todos no quartel. O General sempre falava de uma princesa de outro mundo que um dia iria aparecer e encantar todos que aqui habitam. Ele falava com muita certeza e a alegria tomava conta dele, o que fazia ficar ainda mais encantador.

O jovem disse: — Como assim? Ele sempre falava de uma princesa que iria aparecer?

— Desde quando era uma criança ouvia contar essa história, todos a conhecem, pois era uma de suas histórias favoritas.

O irmão do jovem rapaz deu um salto da cama e perguntou sobre o desenho na pedra, do labirinto de coração, o que quer dizer.

— O castelo em formato de labirinto de coração é uma fortaleza, onde o amor proibido era enviado para lá, o General não sabia ao certo sua localização, muito menos o que queria dizer a lenda do Castelo de Coração. Mas uma coisa ele sabia muito bem, que uma linda princesa iria aparecer e, assim que chegasse ao quartel-general, deveria imediatamente ser encaminhada para o Mundo da Sabedoria, que ficava no lindo Castelo de Coração. E que a única maneira de se fazer isso era pelo poder do Anel de Akredon.

— Que loucura. – comentou Marcelo de Beveren. E fez uma pergunta à governanta: — Para qual lugar desse Castelo de Coração ela seria enviada?

— Claro, todos sabemos, o General nos contou uma vez que a princesa seria enviada para o mais lindo diamante vermelho já visto em todo o planeta, retirado das profundezas da Terra pela Sabedoria. E acrescentou: o General adorava falar que o Castelo de Coração era repleto de um labirinto encantado, apenas seres dotados de uma magia em seu coração conseguiam encontrar o que lá procuravam.

Essa magia, ele reforçava que era um coração puro, livre dos pecados mundanos, longe de ambições, de poder, dominação ou qualquer coisa do tipo, típicas do comportamento humano. E o mais importante, um coração verdadeiramente apaixonado.

Ah, e fazia uma ressalva aqui, seres com poderes, feiticeiros, reis, príncipes, entidades, o que for, também eram meros mortais diante do labirinto. Para eles, a pureza no coração era ainda mais impossível, devido à ganância pelos poderes que possuíam. Fazendo deles presas fáceis para as infindáveis armadilhas que o local possuía. Chegar ao Mundo da Sabedoria era realmente impossível, acrescentou.

— Eu estive nesse labirinto por duas vezes, não vi nenhum Mundo da Sabedoria. – respondeu o jovem rapaz para a governanta.

A camareira respondeu de imediato, com voz quase gritando:

— Como assim você esteve lá por duas vezes? Onde fica esse castelo encantado? Ele existe de verdade? Você é um homem de muita sorte por ter estado lá. Era o sonho do General encontrar o castelo.

— O castelo não é encantado, pelo contrário, ele aprisiona muitos corações apaixonados, que são proibidos de viver um grande amor. Praticamente todos que ali entram não saem vivo de lá. – respondeu.

A camareira, um tanto desapontada, deixou o café da manhã e saiu do quarto sem dizer uma palavra sequer. Mas pensando que ele era um tolo.

Marcelo de Beveren disse ao irmão:

— Agora sabemos para onde temos que ir, confesso que estou surpreso e sem entender nada. Minha cabeça pirou neste exato instante.

Rafael de Beveren se sentou em uma cadeira no canto do quarto e não acreditava no que estava acontecendo, falou para a princesa:

— Princesa, não sei se sabe o que está acontecendo, o General por algum motivo tirou sua alma e enviou para o Mundo da Sabedoria. E agora temos que ir para o local de onde fugimos há mais de dez anos para recuperar sua alma.

— Que seja assim, meu querido. – responde a princesa. — Se temos que ir para o Castelo de Coração, vamos.

O jovem rapaz, sempre confiante e disposto a novos desafios, desta vez não demonstrava tanto entusiasmo e determinação. Pode ser ainda pelo golpe de saber que precisam ir para o Castelo de Coração e enfrentar o labirinto novamente. Sua cabeça parecia um barril de pólvora prestes a explodir.

Devia estar pensando, quem poderia escapar daquela fortaleza pela terceira vez? Como pude não ter encontrado o Mundo da Sabedoria nas vezes em que estive lá? Aquela situação não fazia sentido algum para ele, ao mesmo tempo que procurava entender o que poderia ser o Mundo da Sabedoria. Buscava uma imagem que pudesse ter deixado passar para quem sabe descobrir esse novo enigma. Também sentiu uma nostalgia, uma saudade dos amigos que fez durante a batalha no labirinto de coração.

— Será que vou encontrá-los novamente? E estarão bem? – perguntava a todo momento para si mesmo, enquanto dava os primeiros passos para salvar a princesa.

Então começaram a sair do quartel-general rumo ao Castelo de Coração, sem saber ao certo o caminho. A certeza apenas que teriam é que precisavam voltar duas dimensões para chegar ao castelo. O caminho estava na pedra que continha o desenho do Castelo de Coração. Rafael de Beveren disse:

— Vamos embora para o local que mais me atormenta nesta vida, que Deus nos abençoe nessa nossa jornada, como sempre o fez. Estou com muito medo de perder a princesa para sempre e, ao mesmo tempo, ansioso por descobrir onde fica esse Mundo da Sabedoria.

Enquanto passavam pela porta principal do quartel-general, a governanta, toda ofegante, gritou:

— Esperem um pouco, vocês não podem ir embora sem isso.

E mostrava com sua mão direita erguida o que parecia ser um anel, ao olharem para trás pelos gritos da moça.

— Rafael de Beveren, preciso entregar este anel para você. – disse a governanta ainda mais ofegante.

— É o anel que estou pensando? – perguntou Rafael de Beveren.

— Sim, este é o Anel de Akredon. Você só vai conseguir libertar a princesa se estiver usando este anel. Enquanto falava, já foi pegando sua mão esquerda e o colocou em seu dedo anelar. E disse:

— Não tire esse anel por nada nesse mundo, seja a situação que for, promete pra mim.

— Rafael de Beveren, ainda sem reação, disse a ela:

— Claro, eu prometo. Mesmo porque não estou nem acreditando que esteja me dando o Anel de Akredon. Por que está fazendo isso? – pergunta.

— O General confiava muito em mim, nós tínhamos uma relação de amor muito grande. Só não estávamos casados ainda, pois ele dizia que só poderia tomar tal atitude após o aparecimento da princesa. Não que ele pretendesse se casar com ela, mas precisaria cumprir o que havia prometido no leito de morte para seu pai. Ele me fez prometer ontem à noite que, se algo de ruim acontecesse com ele, eu deveria entregar o Anel de Akredon a Rafael de Beveren.

— Minha nossa, não estou acreditando. Estava imaginando que tipo de batalha teria que enfrentar para conseguir este anel e você vem e me entrega assim do nada?

— Quero que me prometa uma coisa apenas. – disse ela. Assim que conseguir libertar a princesa, trazer sua alma de volta para seu corpo, que virão novamente ao quartel-general como meus convidados.

— Eu prometo a você que, quando conseguirmos esse feito, o primeiro lugar que iremos é para cá. Conforme seu desejo, em agradecimento ao que está fazendo para nos ajudar.

A governanta nesse instante abraçou fortemente a princesa e disse, toda emocionada:

— Eu confio que você trará meu amado General de volta para casa, faça isso quando tiver a oportunidade e serei eternamente grata. Mais uma coisa, para encontrar o caminho para o Castelo de Coração, apertem a porta no desenho que está na pedra e descobrirão como chegar lá. Somente a princesa poderá fazer isso, mais ninguém, tanto é que nunca ninguém por esses lados conseguiu tal feito.

Os três partiram para essa nova jornada com a certeza de que muita coisa ainda estava por acontecer e o que já sabiam era bastante intrigante e desafiador. Um prato cheio para novas aventuras.

Como saber

O sabor do seu beijo
o gosto da sua boca
busco, tento, luto e nada!
O que fiz, está feito,
mas desfeito
por você.

*Tudo o que faço,
desfaz.
Se costuro,
descostura.*

*Se bordo, desborda.
Se ouso, me freia.
Se vou, volta.
Se volto, vai.
Se lua, sol.
Se corro, anda.
Se ando, corre.
Cansei!*

Narciso

*O mundo
encanta Narciso,
que se encanta.*

*Fechando-se,
morre sozinho
afogado em si.*

*O belo contempla
enlevo per se
no escuro não se vê.*

*Cerrado no tédio
não ama ninguém,
apenas sua imagem.*

*Fantasia sombria
encanta Narciso,
que se encanta.*

*Estéril ilusão
encanta Narciso,
que não ama.*

O CAJADO DE OURO
DO FEITICEIRO DE LENZ

O cajado de ouro do Feiticeiro de Lenz pode ser a chave para o que procura o jovem Rafael de Beveren, encontrar o Mundo da Sabedoria. E ele vai descobrir em uma de suas visões.

Dois meses de uma viagem longa até chegarem ao Castelo de Coração, um verdadeiro labirinto encantado que existia em seu interior para aprisionar os apaixonados. Pelo menos era o que pensavam ser o principal objetivo do castelo. O sono era difícil para Rafael de Beveren, devido à ansiedade de chegar logo e encontrar o Mundo da Sabedoria.

A cada noite, mal conseguia dormir, pensando em cada detalhe do labirinto, buscava tudo o que podia em sua mente. Não admitia ter passado por duas vezes pelo labirinto de coração e não ter reparado que existia o Mundo da Sabedoria. Estava completamente intrigado com essa história, procurava pelo seu inconsciente imagens, conversas, lutas, fugas, batalhas, qualquer coisa que lhe viesse à mente tentando decifrar esse enigma. A memória era uma de suas principais habilidades, um ponto forte que usava em suas batalhas, principalmente nos dias anteriores ao desafio que se apresentava, como este de agora.

Passava dias sem conversar com ninguém ou somente o necessário, procurava na concentração forças e sabedoria para entender o que precisava fazer e assim dar o passo seguinte.

Em vários momentos do dia encontrava um local muito tranquilo, e contemplava a natureza, e nessa conexão com o eu superior (Deus) utilizava de um recurso que para ele sempre era muito eficiente. Utilizava do autotranse e fazia uma espécie de ato de "rebobinar" a memória, conseguia voltar e analisar tudo o que havia visto, mesmo o que no momento era imperceptível para ele.

Podia ver nos detalhes e bastava mentalizar o momento em que vivenciou a cena para dar início ao que queria encontrar. Ia buscando no mais profundo de seu inconsciente o que precisava. Chegava em alguns momentos a parecer que estava vivenciando o momento, algo impressionante.

Nesse dia, Rafael de Beveren ainda não havia encontrado uma explicação que lhe fosse convincente, nos últimos cinco dias ele se isolava em grande parte do dia para buscar uma solução que lhe agradasse. Sem muito êxito, ele manteve a tranquilidade e a calma, sabia que ia chegar ao que queria e, na pior das hipóteses, quando chegasse ao Castelo de Coração, no labirinto mágico criado pelo Feiticeiro de Lenz, ele iria descobrir.

Então ficou mais tranquilo nesse dia anterior. Conseguiu sentir que de alguma forma a resposta iria chegar.

Logo pela manhã, tomando café com seu irmão Marcelo de Beveren e a princesa Atanerra de Lenz, disse:

— Só pode ser isso, meu irmão, o cajado de ouro do feiticeiro é a resposta para chegarmos ao Mundo da Sabedoria.

— Você nunca me falou sobre isso. – respondeu Marcelo de Beveren. — Cajado de ouro do feiticeiro? Você deve estar ficando maluco, só pode ser.

— Algo me diz que o cajado de ouro é a resposta para o que procuramos, eu consegui visualizar agora tomando café com vocês. Logo na entrada do labirinto, assim que a porta se fecha, em seu lado direito, tem uma cadeira de madeira muito bonita e ao mesmo tempo discreta.

— Tudo bem, mas o que isso tem a ver com esse tal cajado de ouro que acabara de dizer? – pergunta Marcelo de Beveren.

Respondeu um tanto ofegante: — Um de seus pés é de ouro, ele vai desde o encosto e segue por um dos pés até o chão. Consigo ver como se estivesse lá agora, é incrível. Minha mente me mostra os detalhes e realmente é um cajado de ouro com um diamante vermelho de coração bem pequeno onde se segura o cajado. É praticamente impossível de se observar quando passa pela porta principal, a grandeza do castelo impressiona muito e tira toda a atenção de quem ali esteja a observar a cadeira.

— Como pode meu irmão ter memória tão boa assim, mas é uma suposição, deve ter outra coisa, não faz sentido. Um cajado de ouro ser o Mundo da Sabedoria acho difícil, a não ser que ele seja uma passagem ou tenha um mapa, não sei. Algo assim pode explicar o que está supondo.

A princesa disse: — O cajado de ouro tem sua extremidade superior recurvada em forma de gancho, o que era feito pelos pastores para puxar as pernas dos animais durante o pastoreio e é utilizado como forma de poder também. Agora não sei qual seria o caso aqui e quem o utiliza para demonstrar poder.

Rafael de Beveren arregalou os olhos com a fala da princesa e pensou: "Como ela sabia tudo aquilo? Não importava, pelo menos por enquanto". Foi então que ele pegou uma vara de um galho de árvore e começou a desenhar a cadeira que estava em sua memória. Enquanto desenhava, passaram por eles alguns cordeiros, e nesse momento algo surpreendente surgiu em sua mente, juntando com a fala da princesa.

— Meu Deus. - disse ele, em bom tom. — Princesa, você me fez entender tudo. Precisamos chegar o quanto antes ao labirinto de coração, vamos, não podemos perder um segundo sequer.

— Você está de brincadeira? – perguntou seu irmão. — Vai nos deixar sem saber o que descobriu? Eu arranco os dois olhos seus se fizer isso. – e deu uma gargalhada.

— Tudo bem. Vou contar, só estava brincando um pouco. Queria ver sua cara enquanto falava que tínhamos que ir imediatamente. - disse Rafael de Beveren.

O jovem rapaz deu um sorriso orgulhoso do que havia descoberto, a chave para entrar no Mundo da Sabedoria, o cajado de ouro. Tinha certeza de que iria entender o porquê de o Feiticeiro de Lenz, pai da princesa, ter construído aquela fortaleza. Mais do que isso, não permitir que ela se apaixonasse por ninguém. A resposta para essa pergunta era constante em sua mente e em suas batalhas.

— Calma, meu irmão. – disse Rafael de Beveren. — Veja o que descobri, olhe o desenho aqui no chão. Essa é a grande porta do castelo e assim que você passa por ela a primeira sensação que se tem é a de encantamento pela dimensão de tudo aquilo. A imagem da pessoa amada aparece por todos os lugares, em várias das paredes, e seus olhos são direcionados automaticamente para tudo aquilo.

— A última coisa que você faz é olhar para os lados. As imagens aparecem para hipnotizar quem por ali estiver e trouxesse a dor da paixão e atender seu desejo de estar com a pessoa amada. Tais imagens se localizam a uns cinquenta metros da porta de entrada, em todas as suas paredes. Seus passos seguem de maneira involuntária, totalmente entregues aos encantamentos. Quando percebe, já está diante da imagem da pessoa amada, como se ela fosse real.

— Mas isso não aconteceu com você também? – perguntou a princesa.

— Sim, com certeza. Na primeira vez que estive no castelo, não percebi nada disso que acabei de falar para vocês. E posso afirmar, já estava passando despercebido na segunda vez também.

— Então o que aconteceu de diferente desta vez? – perguntou ao seu irmão.

— Um pouco antes de entrar no castelo pela segunda vez, encontrei um grupo de pessoas, um capitão estava saindo dali, com seu amigo, o estrategista e alguns guerreiros. Um deles me chamou e entregou uma borboleta azul brilhante e disse para eu não a perder de vista, seja qual fosse a situação. "Jamais deixe de seguir a borboleta azul", ouvia a voz dele, enquanto a porta se fechava, pela roupa dele deveria ser o capitão.

— Meu irmão, você é cheio de histórias mesmo, nunca vi, cada vez me surpreende ainda mais. É um ser iluminado, com certeza, sinto muito orgulho de você.

— Obrigado, eu que tenho a sorte de ter um irmão assim, mas como estava dizendo. Já estava próximo da parede com a imagem da princesa, como havia acontecido da primeira vez. Não tem como, seja quem for, a magia daquele lugar é inimaginável, acontece um estado de hipnose fora do comum e você é apenas guiado para as armadilhas do labirinto. Algo terrível e, ao mesmo tempo, mágico.

Como ia dizendo, estava com os olhos vidrados na imagem da princesa e bem mais envolvido que da primeira vez. Posso afirmar que já estava entregue aos encantos e a caminho da primeira passagem para o labirinto, mas certamente cairia nas paredes do labirinto para sempre, estava entregue totalmente e não via mais saída. Até que uma luz azul me chamou a atenção, um pouco à direita de minha cabeça, me fazendo sair do transe. A borboleta havia pousado na cadeira de madeira e nesse momento lembrei da fala do estrategista que acompanhava o capitão, jamais deixe de seguir a borboleta. Foi o que salvou a minha vida.

— Não posso imaginar que aconteceu isso, meu irmão, e o que você fez na sequência?

— Agora, vejo que fui um tolo, um imbecil por completo. Mas naquele momento me dirigi até a cadeira e fui pegar a borboleta para seguir para dentro do labirinto, não dei muita importância para a cadeira. Apenas queria fazer o que me foi dito pelo capitão do exército, qualquer que fosse a situação, jamais deixe de seguir a borboleta azul.

— Não acredito nisso. – disse seu irmão. — Não se sinta culpado. Pode ter certeza de que o cajado de ouro não está logo ali na entrada à toa, quem pode imaginar que algo tão importante esteja neste ponto do castelo.

Quem entra na fortaleza pensa que terá muitas situações para enfrentar, batalhas, magias, o próprio labirinto tão conhecido e temido por todos, até chegar aonde precisa. Todos se concentram em como encontrar o labirinto e sair dele, é o mais natural. Então algo tão valioso logo na entrada não seria notado. Sem contar o efeito que a parte externa já proporciona em quem está diante do castelo. Quando você está em frente ao castelo é uma imagem impressionante, o formato de coração com um brilho reluzente com um vermelho como o sangue deixa qualquer um de boca aberta.

— Posso afirmar que deve ter alguém que inclusive chegou a se sentar na cadeira e não percebeu nada, que genial esse feiticeiro, eu não teria pensado em algo assim, esse seu sogro é mesmo incrível.

— Pode ser que tenha acontecido, sim, meu querido irmão, será que alguém consegue ir àquele castelo como eu pretendo pela terceira vez? O Feiticeiro de Lenz, como lembrou bem, meu sogro, deve ter previsto algo assim, com certeza. Estou pensando aqui o que ele preparou para quem observar a cadeira e até mesmo se sentar nela? Ou alguém que saiba o que descobrimos e tentar pegar o cajado de ouro?

— Meu Deus, tenho até receio de pensar sobre isso. – disse a princesa.

— Muitas vezes o óbvio passa despercebido até mesmo pelos mais poderosos deste mundo. Talvez pela arrogância ou supremacia de sua obra.

— Sempre, por maior que seja o feito, existe um ponto fraco, algo que não foi pensado. E o mais óbvio é a chance maior de acontecer.

Marcelo de Beveren disse: — Concordo com a princesa, pelo que conheço do feiticeiro, sempre pensa em tudo, mas sua atenção sempre é para os grandes feitos, em como alguém pode vencê-lo com atitudes estupendas e armas incríveis. Pode ser que uma coisa tão óbvia não seja percebida por ele. Mas só vamos descobrir quando chegarmos lá.

Mas o que a princesa disse e os deixou ainda mais surpresos foi o seguinte:

— Vendo esse seu desenho e a descrição do cajado de ouro, lembrei que no quarto de meu pai, lá no sítio onde morávamos, a sua cama tem um cajado igual a esse. Vai da cabeceira da cama até o chão por um de seus pés, e é feito também de ouro. A extremidade superior faz uma pequena volta, acredito ser para justamente puxar os animais durante o pastoreio. Ele usava muito um cajado de madeira quando ia pastorear pelo sítio. Criava ovelhas para grandes festas e serem abatidas para servir de alimento, era seu prato predileto. Um cordeiro assado com batatas grandes, arroz bem pastoso e com muito alho.

— Meu Deus, princesa. – disse o jovem rapaz. — Com certeza esse cajado de ouro é a chave de tudo. Eu o vi com esse cajado enquanto passava pelo rio em uma barca e me questionava se ia mesmo lutar por esse amor, que o problema não era comigo em particular. Mas sim o amor verdadeiro, um pouco antes de iniciar o ataque na última batalha que tivemos no Vilarejo de Alfendre. O mais poderoso daqueles urubus horríveis. O jovem então se sentou em um tronco de árvore que estava próximo e começou a agradecer pelas descobertas. Pedia forças e sabedoria para essa nova batalha. Seus olhos voltaram a brilhar e sua determinação havia voltado. Posso afirmar que nunca esteve tão disposto a enfrentar um desafio desses. Entendia que essa batalha iria exigir ainda mais dele e de seus companheiros. Estava até ansioso pelos amigos que iriam surgir até chegar o momento mais importante da batalha, como sempre acontecia.

Encontrar o Mundo da Sabedoria e enfim entender de fato o verdadeiro motivo de tudo aquilo. O natural seria ele se casar com a princesa e ter uma vida tranquila e pacata naquele sítio, ou perto dele, mas tudo tomou uma forma bem diferente do que seria o normal. E descobrir o motivo sempre o

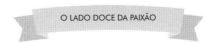

fez passar noites e noites acordado. E agora parecia estar muito próximo de saber tudo. Estava ansioso por chegar logo ao Castelo de Coração, encontrar o tal cajado de ouro e finalmente chegar ao Mundo da Sabedoria.

Ao ver pessoas

Ao ver pessoas, penso?!
Outras vezes, só imagino?!
Elas sabem de algo,
que não sei.

Uma mágica, penso!
Um segredo, imagino!
Dialogo comigo,
fico de mal, faço dedinho.

A vida ideal, penso!
Na vida ideal, imagino!
Ao ver pessoas,
me vejo!

O que preciso ser, penso!
O que preciso fazer, imagino!
Ao ver pessoas,
desejo, cobiço, me perco!
O segredo imaginado,
a mágica pensada.
Ao ver pessoas, encontrei o segredo,
minha força interior.

Na casa da vovó

*Bate a lata
na panela vazia da vovó,
bate.*

*Sinhá, bate a lata
na panela mais bela,
porém vazia da vovó.*

*Ah, Sinhá! Bate a lata
na panela mais bela
da vovó, Sinhá.*

*Pulava corda,
brincava de pique esconde
na casa da vovó quando criança.*

*Mas Sinhá,
de tanto brincá,
nem fome existia lá.*

*Bate a lata
na panela vazia da vovó,
Sinhá.*

NA ENTRADA DO CASTELO, ALGO ESTAVA DIFERENTE

Logo que chegaram ao labirinto de coração, avistaram a porta principal, e a ansiedade tomou conta dos três, especialmente de Rafael de Beveren.

Pela terceira vez, o temido Castelo de Coração, um verdadeiro labirinto, o esperava novamente. Como sabemos, muitos que lá estão não encontram a saída e acabam se perdendo e tornando parte do castelo. Ao desistirem de encontrar a saída pelos encantos ou até mesmo pelas armadilhas criadas pelo feiticeiro, que são constantemente aprimoradas por ele em seu temido labirinto em formato de coração.

A pessoa tomada pelo sentimento da paixão se torna uma presa fácil para o castelo e acaba se entregando aos seus encantos, fica sem forças para lutar e em um estado de transe profundo, devido aos encantos proporcionados pelo labirinto de coração. A paixão provoca uma dor tão grande, e ao mesmo tempo uma sensação de ali poder vivenciar esse grande amor, que acaba por se entregar. A felicidade é tamanha mesmo que não seja real, as paredes então sugam suas forças e passam então a fazer parte dela para sempre. Sua luz se apaga, assim como o sentimento que o levou para lá. De alguma forma, como acontece com o gelo, o corpo se derrete e se junta às paredes do labirinto de coração, e essa energia vital da pessoa alimenta o castelo, especificamente a energia do amor, o diamante em formato de coração fica ainda mais reluzente e vermelho.

É comum alguém entrar no castelo ao mesmo tempo que outras pessoas, de encontrar várias delas perdidas pelo labirinto tentando encontrar uma saída e até mesmo aquelas que estão se tornando parte do castelo por meio de suas paredes encantadoras. Além das constantes imagens que o castelo proporciona da pessoa amada, apresenta momentos reais que fizeram parte da vida da pessoa em um grau que parece estar acontecendo no exato momento em que está lá dentro e aos apaixonados que não foram agraciados com tal paixão, o labirinto oferece momentos maravilhosos com a pessoa amada. As paredes desse labirinto encantador são construídas com as mais raras pedras preciosas, com o objetivo de envolver ainda mais os apaixonados que ali estão.

Aos que conseguem resistir por mais tempo e apresentam uma certa habilidade em fugir do labirinto, suas paredes encantadas apresentam algumas armadilhas para esses destemidos que se encontram em seu interior.

Uma das pedras que formam as paredes do castelo é tóxica para os seres humanos, uma pedra venenosa, a Villiaumite. Essa pedra preciosa, acrescida de um toque de maldade do Feiticeiro de Lenz, é a causa de muitos por ali ficarem para sempre.

A ansiedade e o medo pareciam ser maiores para Rafael de Beveren, o jovem rapaz sabia que tudo seria diferente desta vez, ainda mais tendo que se aventurar por novos caminhos dentro do castelo. Ele sentia que o desafio seria ainda maior pelo motivo de a princesa nunca ter estado em perigo como agora, e iria estar com ele pessoalmente nessa nova aventura.

Saber que o motivo pelo qual a princesa perdera sua alma não tinha sido obra do Feiticeiro de Lenz o preocupava muito. Mesmo sempre sendo cruel com eles, no fundo acreditava no fato de não pesar muito a mão com a princesa Atanerra de Lenz, simplesmente pelo fato de ser sua filha. Rafael de Beveren pela primeira vez em sua vida não tinha essa certeza, e isso o deixava muito preocupado.

— Não sei o que nos espera desta vez assim que passarmos pelo portão principal, mas sinto que nosso desafio será ainda maior. Toda vez fico encantado com esta fortaleza e o brilho do diamante em formato de coração está ainda mais lindo. Sinto que minha vida de alguma forma vai terminar dentro desta fortaleza e que de alguma maneira faço parte de tudo isso. Só não me pergunte como, não saberei responder. – disse Rafael de Beveren ao seu irmão.

— Quando você me falava deste castelo, das aventuras por que passou aqui em prol desta grande paixão, não passava pela minha mente o tamanho de sua beleza. Estou encantado com tudo que estou vendo, minha vontade é entrar logo pelo portão e aproveitar ao máximo o que ele oferece. Incrível! – responde Marcelo de Beveren.

— É exatamente essa sensação que temos aqui, meu irmão. Comigo foi assim também sempre que estive aqui. Uma coisa é certa, quem entra por esse portão não quer aproveitar sua luxuosa e mágica estadia, mas sim buscar uma resposta para um grande amor.

Cada pessoa tem algo diferente para resolver no castelo, cada um vem de um jeito, mas independentemente do que se passa até chegar aqui, tudo se perde pelo encantamento desse castelo. E muitos se perdem logo que entram no castelo. É o que dizem por aí, e acredito nisso. E como acredito.

— Princesa, o que você está sentindo, pode nos falar? – perguntou Marcelo de Beveren.

— Não sei ao certo. – respondeu. — Mas posso afirmar que não sairei mais deste castelo como a princesa Atanerra de Lenz. – e sorriu ao olhar para eles.

Os dois, diante da fala da princesa, ficaram apavorados, o objetivo de estarem ali novamente era exatamente esse, recuperar a alma da princesa e fugir dali o quanto antes. Ouvindo o que acabara de dizer, ficaram sem entender nada e com os olhos arregalados.

Se Rafael de Beveren já estava com uma preocupação ainda maior do que das outras vezes, com a fala da princesa ficou ainda mais atormentado.

— Se não sair deste castelo, princesa, pode ter certeza de que não será a única. Se o pior acontecer com você, me entrego às paredes do labirinto para sempre. – disse Rafael de Beveren.

A calma e a tranquilidade da princesa diante do castelo eram motivo de curiosidade por parte deles, era visível que Rafael de Beveren era o mais assustado com a situação. Justamente ele que deveria estar mais sereno e confiante, pois era o único ali que conhecia bem o labirinto de coração.

— Meu irmão, disse Marcelo de Beveren, não se esqueça que assim que passarmos por esta porta, do lado direito vai estar a cadeira com o cajado de ouro. Você precisa pegar o cajado, ele, com certeza, vai nos mostrar alguma passagem para o Mundo da Sabedoria.

— Espero que sim, meu irmão, mas aqui nada é tão simples quanto parece. Caso esse cajado realmente esteja lá, não é garantia de que vamos encontrar o Mundo da Sabedoria.

O portão principal do castelo sempre se abria quando alguém se aproximava, surpreendendo sempre quem ali estivesse. A pessoa ia se aproximando e pensava em como abrir o portão e entrar no castelo, imaginava ter uma fechadura, campainha, algo do tipo, e ao abrir de repente havia uma quebra de padrão de pensamento e o castelo usava essa artimanha para fazer de alguns uma presa fácil logo ao entrar. Como a porta não se abriu, Rafael de Beveren procurava entender o motivo, e disse aos dois:

— Não entendo o que está acontecendo, sempre abre ao aproximarmos. Por isso falei anteriormente que o feiticeiro sempre muda suas estratégias. Deve ter alguma alavanca escondida em algum lugar, me ajudem a procurar, mas tomem muito cuidado. Não saiam do campo de visão, precisamos ver uns aos outros.

Por horas acabaram ficando ali e o portão não se abria, o tom de desânimo ia tomando conta dos três, Marcelo de Beveren disse então:

— Precisamos começar a pensar em algum lugar para passar a noite, um abrigo, algo para comer, beber e nos proteger. Não sabemos o que tem nessa floresta e ao redor do castelo. O que pode acontecer durante a noite.

Foi quando começaram a ouvir uma voz vindo logo atrás deles, para Rafael de Beveren, conhecida e muito bem-vinda.

— Onde vocês pensam que vão sem a gente? – gritou o Falcão.

Ao olhar para trás, Rafael de Beveren não acreditou no que estava vendo.

— Falcão, é você mesmo? – perguntou, em tom de muita alegria.

— Claro que sou eu. – respondeu o Falcão. Um pouco mais velho e um tanto acima do peso e com um sorriso enorme no rosto.

— Ei? Assim vou ficar com ciúmes. – disse o sapo, todo alegre em vê-los novamente. Sem contar a princesa, eram apaixonados por ela.

— Sapo, que saudades de você, meu amigo, estou muito contente em poder estar com vocês novamente, que alegria imensa. Quero apresentar meu irmão Marcelo de Beveren.

— Não sabia que você tinha um irmão. – disse o Falcão. — Agora a princesa está ainda mais linda e encantadora. Apesar de não ser ela por inteiro, não é mesmo? Eu sei o que está acontecendo com ela e tinha certeza de que viriam para cá, essa é a razão de estar aqui com vocês agora. Eu e o sapo vamos ajudar vocês nesse desafio. Muita coisa mudou desde que partiram da última vez.

— Como sabe? – perguntou a princesa.

— Amigos, tenho vivido esse tempo todo aqui na floresta. Depois que entrei com vocês pelo portal para a batalha, por todos esses anos acabei gostando do lugar e venho ajudando muitas pessoas que buscam entrar no castelo ou são enviados por algum motivo para este lugar.

— Também fui adquirindo conhecimento sobre ele, passei a pesquisar tudo a seu respeito. Muitos animais da floresta me contaram como ele foi criado, quando o castelo foi construído e quem mandou erguer essa fortaleza. E o mais impressionante de tudo, quem mantém esse labirinto vivo e o porquê de ele estar sempre buscando novas almas apaixonadas. Claro que tive a ajuda do sapo que conseguia muitos animais e até mesmo árvores milenares que nos passavam tais informações.

— Estou impressionada. – disse a princesa ao Falcão.

— Foi uma escolha dolorosa que fiz logo que saímos daquela batalha, abrir mão de tudo, minha família e amigos, para viver neste mundo. O que descobri é de cair o queixo, amigos. Precisamos sair daqui imediatamente, o portão não vai se abrir. O que buscam não está no Castelo de Coração, por incrível que pareça, podem acreditar. Pelo menos não ainda.

— Vamos para a Floresta de Haskell, é onde moro atualmente e lá poderei contar o que descobri até então a respeito do Castelo de

Coração, essa fortaleza incrível que governa nossas vidas. Vou contar também o que aconteceu com a princesa e o que devemos fazer para salvá-la. Estão preparados?

Vivo ainda

*Na mesa de um bar
meu coração era servido,
em uma especiaria
numa porção robusta.*

*O petisco alimentava
bocas ferozes,
a nostalgia do momento
pedia uma música.*

*Vivo ainda, mas perdido
e sem direção,
quando saí
quis voltar.*

*O coração já não tenho,
alimentou desconhecidos,
na mesa de um bar
sob a ilusão da bebida.*

*A paixão saiu
pela porta da frente,
se arrastando pelo chão,
destruída como meu coração.*

O LADO DOCE DA PAIXÃO

Como o vento

*a vida
é como o vento,
sempre em movimento*

*a vida
é como o vento,
calma e violenta*

*imprevisível,
a vida
é como seguir o vento,*

*alterna
como rimas mistas
de dia e de noite*

*por vezes violeta,
um tanto violenta,
a vida se inventa,*

*e
como o vento
venta.*

O FEITICEIRO DE LENZ
E A RAINHA VERMELHA

O Feiticeiro de Lenz acabou fazendo um poderoso feitiço em sua filha para que ela nunca se apaixonasse.

Queria protegê-la desse sentimento para evitar que pudesse sofrer como ele e tantos outros mundo afora que de alguma forma se entregam ao amor. Estava decepcionado com a própria história com sua amada esposa, a mãe da princesa, e com a vivida pela Rainha Vermelha de Akredon, que teve por um ano uma paixão avassaladora com Marcelo de Beveren, a Sabedoria. Ela convenceu o feiticeiro de que havia sido abandonada e sofreu muito com tudo o que vivenciou.

Com a promessa da Rainha Vermelha em deixá-lo ainda mais poderoso e reaver o seu grande amor, o Feiticeiro de Lenz não pensou duas vezes e lançou o feitiço de RAIFAZ em sua própria filha, o mais poderoso dos feitiços para que uma pessoa jamais se apaixonasse por alguém. A permissão para realizar esse feitiço era para um grupo muito seleto de feiticeiros. Raríssimo por sinal.

Passou desde então a ter uma vida de duplicidade, passava bom tempo no sítio com sua esposa e filha. Andava mundo afora à procura de uma solução para ajudar a descobrir como poderia libertar a Rainha Vermelha. Esta queria disseminar seu poder pelos quatro cantos da Terra e onde mais fosse possível. Muito ambiciosa, não poupava quem aparecesse em seu caminho. Dotada de uma beleza descomunal, seu corpo parecia um violão dos mais perfeitos já feitos, usava um vestido verde colado ao corpo, todo torneado.

Sempre aparentava ter cerca de trinta anos de idade. Uma boca de matar qualquer um, com lábios carnudos e aparentando pegar fogo, de tão vermelho. O sangue parecia ter parado em sua boca, o que provocava muitos desejos mundo afora. Seus olhos grandes eram vermelhos como um diamante, de cílios bem discretos para que não ofuscassem o encantamento provocador de seu olhar. Cabelos longos até o meio das costas de cor castanho claro, era o tom final para uma moça de altura em torno de 1,85m. Tamanha beleza, atrelada ao seu jeito meigo e simples, escondia justamente o que ela tinha de mais cruel, seu poder e maldade eram camuflados por intensa beleza.

Dos seres místicos de nosso universo, foi a única que conseguiu passar pela Floresta de Hakkens pelo lado sombrio. Jamais alguém havia conseguido tal feito, ela derrotou todas as feras e monstros impostos pela floresta, de uma inteligência fora do comum, surpreendeu Marcelo de Beveren, a Sabedoria. Chegando pelas chamas derretidas vindas das camadas mais profundas da Terra. Segundo a lenda, seus poderes vinham do vestido verde, da cor do mar, sendo ele produzido das algas de Soncini, encontradas uma camada abaixo das profundezas do mar pela Rainha Vermelha.

O Feiticeiro de Lenz se tornou então seu fiel escudeiro e passou a morar no castelo da Rainha Vermelha nas colinas de Ohio, fato que justificava para sua família como sendo um homem que precisava constantemente viajar a trabalho. O feiticeiro passou então a perseguir todos da família dos Beveren desde então, principalmente Marcelo de Beveren, a Sabedoria.

O que o feiticeiro não esperava era que Rafael de Beveren, o irmão mais novo de Marcelo de Beveren, seria enviado para sua casa a fim de fazer sua filha amada se apaixonar por ele. Sabendo que o feiticeiro era um fiel escudeiro da Rainha Vermelha, imaginando se tratar de uma tentativa de fuga, o surpreendeu com essa jogada. Seu principal objetivo era fazer com que sua filha descobrisse o amor verdadeiro por meio de uma paixão avassaladora. E deixar que seu pai, o Feiticeiro de Lenz, perdesse o foco em libertar a Rainha Vermelha.

Seu irmão mais novo, Rafael de Beveren, sempre foi uma criança muito pura de coração e sua mente era extremamente positiva. Todas as suas ações eram em prol de ajudar alguém, quem quer que fosse, um amante de praticar a bondade.

Marcelo de Beveren passou muito tempo analisando o Feiticeiro de Lenz e descobriu onde ficava o sítio em que morava com sua esposa e filha, passou a acompanhar suas rotinas por um determinado tempo e pôde confirmar suas suspeitas de que o feiticeiro estava realmente ligado ao plano da Rainha Vermelha de liberdade.

A fama do feiticeiro era de ser muito ciumento e utilizava de seus poderes para quem se atrevesse olhar para a sua filha. Por meio de seus poderes, Marcelo de Beveren conseguiu enfeitiçar a esposa do Feiticeiro de Lenz em uma de suas viagens e descobriu todo o seu passado, inclusive a traição de sua esposa quando sua filha nasceu. Após o parto da princesa Atanerra, o feiticeiro presenciou sua esposa nos braços de um homem e ficou furioso. Seu coração foi tomado por uma dor e o encantamento que tinha por sua esposa se quebrou naquele exato momento. A raiva havia o cegado e ele pegou uma lança bem afiada e desferiu um golpe em seu coração, antes mesmo de deixá-la explicar o que estava acontecendo.

A princesa que acabara de nascer abriu os olhos e com um olhar em direção a sua mãe a salvou da morte. O homem que o feiticeiro havia presenciado com sua esposa era, na verdade, um dos guardiões da princesa que a ajudava no parto devido às complicações e recebeu uma ajuda divina. O guardião lançou ao feiticeiro o castigo de passar os anos amando sua esposa cada vez mais, sem que ela sentisse nada por ele. O amor que ele sentia pela sua amada esposa, mãe da princesa, foi retirado dela completamente e lançado em seu coração para que sentisse todo o amor que ela tinha por ele, mas sem poder ser correspondido.

O feiticeiro não pensou duas vezes em aceitar a proposta feita pela Rainha Vermelha, era a oportunidade que aguardava há tanto tempo para poder libertar sua esposa e ele desse castigo.

Claro que Marcelo de Beveren imaginou que o Feiticeiro de Lenz teria feito um feitiço para sua filha não se apaixonar por ninguém, pois a rotina da casa era a de receber pessoas aos finais de semana e isso naturalmente seria um agravante para que ela se apaixonasse. Então pensou: "Preciso elaborar um feitiço dos mais poderosos que fiz até hoje". O feiticeiro, com certeza, deve ter enfeitiçado sua filha e, com os poderes que passou a ter depois que a Rainha Vermelha de Akredon o convenceu a se entregar por amor, poder e ambição, não deve ter feito um simples feitiço.

Inventou uma história para seu irmão e o enfeitiçou sem que soubesse. Não tinha outra opção. Para o feitiço, utilizou parafina da vela roxa do abismo do Mundo da Sabedoria. Somente ele conhecia tal poder em todo o mundo.

Quando Rafael de Beveren chegou ao sítio e viu a princesa pela primeira vez, conseguiu pela magia de seu irmão quebrar o feitiço de seu pai e chegar ao coração da princesa. Podemos visualizar agora que o amor entre o jovem rapaz e a princesa na verdade faz parte de uma batalha entre Marcelo de Beveren e a Rainha Vermelha de Akredon.

O cômodo

Perdeu parte do cadarço,
pouco antes de partir
e seguir cauteloso.

Ao se aproximar do chalé,
teve a sorte de ouvir a conversa.

O LADO DOCE DA PAIXÃO

O cômodo onde estavam
colocou-se em estado de alerta
para manter a bota no devido lugar,
pequena e elegante.

Nem sempre foi assim,
não houve uma pausa
para o espanto,
apesar de tudo.

Contaram os detalhes,
na manhã seguinte ao baile.

Por fim, deixou o cômodo
e encontrou a senhora falante
falando seriamente.

A boa senhora
não deu chances de escapar
com suas botas.

O peneirar

"Caboclo" curvado
segura a peneira,
calça marrom camisa comprida
e bota surrada.

"Caboclo" curvado
segura a peneira
de mãos calejadas,
cigarro de palha na orelha.

"Caboclo" curvado
segura a peneira,
sol forte no rosto,
pitou de bobeira.

Na lida difícil,
olha para o lado,
Tereza suada,
cansada.

"Cabocla" de raça,
peneira sem graça
cortou sua mão
calejada.

Na lida adentrou
e nada sentiu
quando os filhos ela viu
pedindo a comida – do peneirar.

A FLORESTA DE HAKKENS: EM BUSCA DO MUNDO DA SABEDORIA

Assim que saíram em direção à moradia do Falcão na Floresta de Hakkens, todos ficaram absolutamente quietos, nenhuma palavra foi dita por eles. Um misto de decepção por não terem conseguido entrar no Castelo de Coração e pelas belezas proporcionadas pela floresta. Certo tempo depois, o Falcão disse:

— Meus amigos, quero compartilhar com vocês algo que poucos sabem, a única maneira de alguém entrar na floresta encantada é por meio de um convite de um morador, assim como fiz com vocês para entrarem.

Marcelo de Beveren perguntou: — Então esse é o segredo para conseguir entrar nessa tão famosa e temida floresta?

— Sim, meu querido, esse é o primeiro passo apenas. Aproveitem o que vamos ver daqui por diante, o lado mais bonito da floresta, uma verdadeira conexão com o paraíso. A presença de Deus está em cada detalhe, em absolutamente tudo.

— Espero poder aproveitar mesmo. – disse a princesa. Sinto uma ligação muito forte com a natureza. Confesso que é a primeira vez que ouço falar da Floresta de Hakkens, e pelo pouco que caminhamos até agora, posso afirmar que a energia dela é muito poderosa.

— Só quero avisar que nossa aventura acontecerá em mais de uma dimensão. Uma peculiaridade incrível da floresta.

Rafael de Beveren olhou para o Falcão e disse: — O que você quer dizer com isso? Não entendi.

— Ah, meu amigo, pode acreditar que a floresta vai mostrar seus poderes, ainda mais para você. Fique tranquilo e esteja concentrado em cada detalhe.

Sabiamente, a Floresta de Hakkens está localizada fisicamente neste mundo e ocorre uma projeção real em outras duas dimensões, uma simetria perfeita e única. A floresta atende plenamente os desejos dos convidados de acordo com seu coração e sua mente, se a bondade e o desejo de sabedoria forem para o bem. Entende que a força interior de cada um reflete na energia de todo o mundo. Então mostra suas belezas, encantamentos e magia, uma ligação perfeita com o universo.

A conexão com essa força maior que controla o universo (Deus) emana para todos os seres e a energia positiva entre eles mantêm o equilíbrio desse universo, quiçá, das dimensões.

— Como estava dizendo, a floresta apresenta uma bondade infinita aos convidados. – disse o Falcão. — Um estado de paz interior maravilhoso. O anfitrião tem o poder de avaliar o coração e a mente de cada pessoa ou ser e assim permitir que entre pelo lado bom da floresta.

Marcelo de Beveren pergunta então: — E quando o convite não é feito, o que acontece com quem tenta entrar na floresta? E quem vai proibir que entre caso não tenha a aceitação?

— Já ia contar essa parte, meu querido. Quando o convite não é feito, implica que haja um desarranjo nessa conexão. São seres incapazes de compreender a justiça e as leis do Criador, geralmente possuem um corpo corruptível, o coração duro e a mente turva, planejadora de maldades, qualquer que seja ela. Com a alma pesada e ligada apenas às coisas da terra, tais como prazeres, inveja, poder, oprimem a mente pensativa. Ou seja, querem a sabedoria para atender unicamente aos seus desejos, e a floresta entende ser uma energia do mal, tornando-a desconectada da verdade e do pensamento positivo. Muitas pessoas fazem isso até mesmo sem saber, pois se apegam tanto às coisas terrenas que entendem ser normal. Acabam se tornando reféns dos prazeres deste mundo e endurecem seu coração e perdem a conexão com o universo.

— Essas pessoas não conseguem entrar? – perguntou a princesa.

— Se existir na pessoa ou ser um pouco de bondade no coração, por menor que seja, é permitido que entre e passe por um processo de purificação. Vocês saberão em breve.

Para os ilustres "não convidados", ela apresenta seu lado mais perigoso, pela simetria que possui com as outras dimensões, os seres entram normalmente pela floresta e em dado momento se veem nas outras dimensões. Aí, meu amigo, criaturas terríveis, espécimes selvagens, feras que apresentam tormentas das mais temidas de acordo com a personalidade de cada um fazem um verdadeiro inferno na vida deles. Plantas carnívoras, alucinógenas, desfiladeiros, penhascos, serpentes e tantas outras coisas do tipo. Uma experiência que dificilmente tem êxito.

A floresta consegue identificar até mesmo se tiver alguém dentro de um grupo de pessoas ou seres, por exemplo, que não tem as condições para entrar e é avisado que deve ficar fora da floresta. O Falcão reforçou ainda dizendo:

— Caso não tivesse convidado algum de vocês, eu avisaria que a partir de determinado ponto, a pessoa não poderia mais seguir com o grupo e, em dado momento, o que não é muito longe, ela simplesmente não nos veria mais e estaria sozinha na floresta. É apresentada a essa pessoa a opção de escolher continuar ou voltar. E se passasse de determinado ponto, seria avisada por um dos moradores da floresta, aí não teria mais volta. O caminho mais terrível da floresta deveria ser enfrentado sem nenhuma piedade sequer.

Rafael de Beveren falou em voz alta: — Estou impressionado com tudo isso, Falcão, que coisa incrível, imagino o que vem pela frente. Só você mesmo para me fazer sentir motivado e determinado novamente. Fazia um bom tempo que não me sentia assim, estou gostando de tudo. E o que vem agora, tenho a clareza que não é só caminhar e chegar ao Mundo da Sabedoria e ficar curtindo a paisagem.

O Falcão deu uma gargalhada e disse: — Claro que não, eu o conheço muito bem. Por isso me preparei tanto, fiquei morando por aqui justamente pela possibilidade de entender todo esse mistério que está em volta do Castelo de Coração e seu labirinto encantador.

Entraram ainda mais floresta adentro e, depois de um bom tempo, ficaram todos em silêncio, boquiabertos com a beleza do lugar, da explicação do Falcão, e caminharam ainda por umas três horas até chegarem de fato à Floresta de Hakkens. Então pararam para descansar debaixo de uma grande árvore, tendo agora o Falcão passando os próximos passos que deveriam seguir.

— A partir de agora, existem algumas etapas necessárias de serem realizadas de modo individualizado. Se quiserem desistir, o momento é este. A floresta está bem diante de nossos olhos, mas de fato estaremos nela depois que passarmos por duas trilhas e três riachos por aquele caminho ali à nossa direita. Vejam, tem uma trilha bem fechada, vamos comer e descansar por duas horas, e antes do anoitecer temos que chegar ao primeiro riacho.

A floresta é cercada por uma mata muito densa, com penhascos e montanhas, intransponível em todo seu entorno. Exceto por quatro pequenas trilhas que permitem o acesso ao seu interior. Em cada um desses caminhos todos passam pelo mesmo processo, e estão prestes a iniciar a busca pelo Mundo da Sabedoria.

Para os que não são convidados ou não passam pelo crivo dessa etapa, se quiserem continuar a trilhar o caminho que leva ao Mundo da Sabedoria, podem fazê-lo somente pelas outras dimensões. O desafio por esse caminho é imenso, enquanto pela floresta real é preciso receber o convite e passar pelas etapas de purificação, pelas outras dimensões é bem mais difícil. Na verdade, é impossível alguém chegar ao Mundo da Sabedoria por esse caminho, este é o único objetivo da floresta. Tanto é que não se percebe a diferença entre elas quando falamos da floresta em si, a impressão é de estar no mesmo lugar.

O sistema de defesa da floresta fica mais pesado, os que ali estão querem chegar ao Mundo da Sabedoria para proveito próprio e deter todo o poder do mundo. Em cada um dos riachos, encontram-se terríveis feras, sendo a última a mais poderosa de todas. Se alguém passar por essa primeira etapa e iniciar sua caminhada pela floresta, os desafios serão ainda maiores.

— Falcão? – chamou Marcelo de Beveren. — Alguém já conseguiu passar por esses desafios? Seja qual for a dimensão? – perguntou, um tanto preocupado com a resposta.

— Pelo lado sombrio da floresta, segundo uma ave mística que conheci há muito tempo, apenas cinco pessoas ou seres passaram pelas três primeiras feras, e apenas a Rainha Vermelha chegou ao Mundo da Sabedoria, isso em toda a sua existência. E ela vai nos interessar pela ligação que tem com o que de fato é o Feiticeiro de Lenz, o pai da princesa.

Os três estão passando pela purificação na floresta, e no último riacho verifica a pureza do coração e da mente. A essência da alma. Nas etapas anteriores foi apurado o grau de justiça, a índole e tudo o que as pessoas ou seres passaram durante sua vida. Então, imaginem quem teve problemas nesse momento. O Falcão chamou Rafael de Beveren e disse a ele:

— Preciso falar com você agora, é um tanto desagradável o que tenho pra te dizer. Mas precisa saber.

— Claro, meu amigo, pode falar. Até imagino o que seja.

— Eu sei, por isso estou tranquilo. Mas fique calmo, nada de ruim vai acontecer com seu irmão. Você sabe que o Vilarejo de Alfendre, nas colinas de Beveren, foi enfeitiçado pelo Feiticeiro de Lenz. Inclusive seu irmão. Quando foram transformados naquelas criaturas horríveis.

— Sim. – respondeu. — Eu me lembro muito bem de cada um deles que matei com a espada. Eram horríveis. Em minha memória, ainda tenho o olhar de cada um deles. Não gosto nem de lembrar.

— A floresta não pode cometer qualquer erro que seja sob o efeito de pôr em risco a segurança deste local, nessa etapa tudo é muito rígido e perfeito. Pois a floresta não possui sistema de defesa após essa etapa. Caso alguém mal-intencionado entre por esse caminho, a floresta ficará indefesa.

— Entendo. Mas o que vai acontecer com meu irmão? – perguntou.

— É preciso saber qual de fato é a natureza de sua alma, se o que ele fez enquanto estava enfeitiçado comprometeu a pureza de seu coração e chegou a poluir sua mente. Com a avareza do mundo e tudo o que vem com ela. Um vazio em sua alma foi identificado, acredito pelo tempo que estava enfeitiçado.

Levaram Marcelo de Beveren para o riacho, enquanto os demais seguiram para uma outra caverna próxima, onde iriam seguir o processo de purificação.

— Falcão, como vai ser o processo que meu irmão irá passar? – pergunta Rafael de Beveren.

— Na verdade, todas essas etapas que estou contando para vocês não poderia dizer. Como confio demais em cada um, estou passando os detalhes. Mas estou muito preocupado neste momento.

— Por quê? – perguntou a princesa.

— Errei em contar tudo para vocês durante o percurso, acabei me esquecendo de seu irmão. Não sabia nada sobre ele e fiquei na confiança, pelo que conheço de vocês dois. Como pude cometer um erro tão primário assim. Quando isso tudo acabar, vou precisar ir embora daqui. Não serei mais aceito por tamanho vacilo. Espero que ele consiga, pelo menos, passar no desafio, e assim ficarei mais tranquilo.

— Respondendo à sua pergunta, a purificação nessa etapa dura três dias, iniciando logo pela manhã ao nascer do sol, quando ele estiver no meio do dia e ao entardecer. Não pode ter contato com ninguém e deverá estar como veio ao mundo. Suas roupas serão deixadas no local de onde irá começar a jornada, pois podem contaminar o processo com impurezas trazidas de fora. Também não poderá se alimentar, sendo permitido apenas, em cada etapa do dia, beber um pouco de água, apenas isso. De onde estávamos, ele será levado para outra caverna ao norte, seguindo pelo riacho, aproximadamente umas duas horas de caminhada, o que já deve estar acontecendo.

A princesa fala para o Falcão: — Não entendi muito bem. Você disse que a purificação começa ao amanhecer e segue até o entardecer, mas e daí? O que acontece?

— Verdade, princesa, me desculpe. Se pensarmos no horário do relógio, seriam seis horas da manhã, doze horas (meio-dia) e às 18 horas, devendo permanecer por uma hora em cada etapa e durante esse tempo seu corpo é completamente tomado por borboletas azuis. Proporcionando uma troca de energia com o universo. Ao final do terceiro dia, ele recebe a visita da grande Águia Branca, que saberá realmente se ele vai poder seguir pela floresta normalmente. É um processo muito bonito para quem vê, segundo uma ave que me contou, as borboletas azuis ficam brilhando durante o processo.

Marcelo de Beveren está com seu futuro em jogo, se poderá continuar essa caminhada com seu amado irmão ou não, dependerá do encontro com a grande águia branca.

"Espero que a floresta não descubra o que realmente sou. Tenho o coração puro e minha mente se preocupa apenas com o poder do bem", pensava Marcelo de Beveren, momentos antes da purificação, mas o que sou pode não agradar a Floresta.

— Não sei ao certo o que vou passar por esses dias, meu poder deverá me proteger. Preciso estar com meu irmão e a princesa quando eles chegarem ao Mundo da Sabedoria. Caso contrário, não terminarei o que comecei antes mesmo de essa floresta existir, quando forjei pela espada o coração de diamante mais perfeito de todo o universo. É o coração do castelo de labirinto que alimenta toda essa fortaleza e foi utilizado por mim no dia da grande tristeza.

— Como posso esconder que viajei para o centro da Terra, nas profundezas do manto terrestre, e encontrei o diamante mais vermelho do mundo, na cor do coração, a aproximadamente oitocentos quilômetros de profundidade, rumo ao centro da Terra? Sem contar que precisei chegar ao núcleo da Terra e mergulhar o diamante nas chamas e acrescentar o pó de Amendetron, dando ao diamante o poder de controlar todo o sentimento da paixão pelas dimensões do universo. O equilíbrio da humanidade depende exclusivamente desse diamante, dando-lhe a dose certa da paixão.

— Se a grande águia branca vier me ver, temo pela minha sorte. A única maneira de saber vai ser vivenciando o momento.

Posso afirmar aqui que a tarefa de Marcelo de Beveren não foi nada fácil, no segundo dia aconteceu uma forte tempestade, com raios, ventos, trovões, e a temperatura despencou como num passe de mágica.

Durante a noite, a temperatura castigou demais Marcelo de Beveren, chegando a dez graus abaixo de zero. A sensação térmica foi muito menor do que a verdadeira temperatura.

Logo que amanheceu, o vento era muito forte, quase insuportável. No entanto, Marcelo de Beveren estava no horário marcado para começar o último dia de sua jornada particular. Seu corpo logo foi coberto pelas borboletas azuis e emitia um brilho ainda maior, muito peculiar. Após permanecer assim por uma hora, Marcelo de Beveren fez uma magia, antes da próxima purificação ao meio-dia. Por um dia não saberia mais quem era e sua memória seria apagada desde o momento em que o Feiticeiro de Lenz chegou ao Vilarejo de Alfendre nas colinas de Beveren.

Deixou apenas as lembranças que eram de interesse da floresta, a saber o que sua alma teria feito a partir de então. Precisava de algum objeto para guardar sua memória até o dia do amanhã. Não poderia ser nada da floresta, para evitar que fosse identificado. Ficou um tempo pensando em como faria para esconder sua memória. A única saída foi tirar uma de suas unhas dos pés, pois, com certeza, iria precisar de uma boa justificativa. Decidiu então tirar a unha do dedão e, se fosse perguntado, seria muito fácil convencer com uma bela topada em uma pedra. Foi o que fez um pouco antes do meio-dia. E tudo correu de acordo com o que estava previsto para o terceiro dia, e perto das dezoito horas ele se mostrou ansioso.

O jovem rapaz e a princesa, enquanto esperavam por Marcelo de Beveren, também tiveram algumas surpresas. Logo no primeiro dia da jornada, a grande Águia Branca, conhecida como a temida Águia de Hakkens, levou a princesa assim que ela passou pelo primeiro processo de purificação. O processo deveria ser interrompido imediatamente sob pena de a princesa se perder completamente sem alma.

Rafael de Beveren teve que passar pela purificação na gruta da quarta pedra, como era conhecida a gruta da Serpente Vermelha. Um ser mitológico da floresta que atacava quem entrasse em seus aposentos. Por sorte, o jovem rapaz, por ter um coração puro e uma bondade sem fim, foi poupado do ataque. O equilíbrio entre o corpo e a mente foi determinante nesse desafio.

A Serpente ficava apenas nas outras dimensões da floresta, mas quando alguém era colocado ali na sua gruta, seus olhos imediatamente ficavam vermelhos da cor do diamante, e antes que desse tempo de piscar, era capaz de atacar a vítima fatalmente. Somente alguém de coração e mente completamente puros não seria atacado por ela. Foi o que aconteceu com Rafael de Beveren. Para que pudesse chegar ao Mundo da Sabedoria, ele precisava correr esse risco, mesmo sem saber. O Falcão não contou essa parte para ele, se o fizesse seria ele atacado pela Serpente de forma fulminante.

O Falcão chamou o jovem rapaz para uma conversa, precisava falar-lhe algo.

— Amigo, você foi muito bem na gruta e conseguiu escapar da Serpente Vermelha. Mas não é sobre isso que quero falar, mas sim sobre a princesa. A grande águia entendeu ser necessário levar a princesa para um outro local da floresta. Não me disse para onde, apenas que para proteger a princesa de perder sua alma para sempre, teria que levá-la para a árvore da vida e colocá-la dentro do tronco. Segundo ele, seu corpo já estava praticamente fechado para poder receber sua alma de volta.

— Como assim? Eu não sei viver sem a princesa, Falcão. Não pode acontecer. Precisamos ajudar a grande águia.

— Não temos como saber se será possível a princesa receber sua alma de volta e o corpo aceitar. É preciso que estejam conectados e isso só é feito no momento da concepção. Apenas seres de extremo poder, e são raros, conseguem tal feito. Mas dentro de um determinado tempo após o ocorrido. Para conseguir retirar a alma dela também, são raríssimos os seres que têm esse poder. A águia já sabia quem teria feito, mas não pôde me falar. A árvore da vida é a única esperança que temos de salvar a princesa.

— Falcão, desde quando nos encontramos no lago, e me recordo como se fosse hoje, não havia percebido sua presença no galho da árvore e me observava. Então começou a fazer um monte de perguntas sem mesmo esperar as respostas. Hoje tudo parece diferente, eu sempre sentia que dependia de minhas forças para salvar a princesa. Mesmo diante dos desafios mais loucos e inimagináveis vivenciados por mim. Mas via como algo palpável, que dependia apenas de minhas forças. Desta vez não, me sinto incapaz de salvar a princesa.

— Por que pensa assim? – completou o Falcão.

— Não sei, tem algo diferente. Assim que o capitão a encontrou, a vi desmaiar diante dele e fui ao seu encontro. Quando ela acordou e nos olhamos, estava tudo diferente, ela não me conhecia, e o pior de tudo, estava fria e não sentia nada por mim. Naquele instante, meu coração ficou apertado como nunca havia ficado antes. E o General, todo comunicativo e simpático, ainda me ludibriou se fazendo de amigo. Um verdadeiro lobo em pele de cordeiro. Não nos deu a menor chance de defesa, por incrível que pareça, nos deferiu o maior golpe que tivemos em todos esses anos. Ele foi letal com a gente. Aguardou o momento certo, chegou como um estranho e com um comportamento que eliminava qualquer suspeita. Um verdadeiro falastrão e fanfarrão, e não perdeu tempo. Já no primeiro encontro com a princesa, de imediato a golpeou, coitada. Toda inocente e receptiva, foi atacada da pior forma já vista.

O que me dá mais raiva é que ainda ficou todo comunicativo conosco, nos ofereceu moradia e estadia em seu quartel. Como não sabíamos de nada, fomos presa fácil. Vendo agora como foi, me vejo como um idiota e imprudente. Achei que o Feiticeiro de Lenz seria nosso único inimigo e em outra dimensão, não nos encontraria.

— Rafael de Beveren. – disse o Falcão. — A princesa é uma jovem muito especial, descobri morando na floresta o quão poderosa ela é e a importância que tem para que o labirinto de coração permaneça vivo para sempre. Ela é a chave que o mantém seguro. Quando chegarmos ao Mundo da Sabedoria, você vai entender tudo.

— Sempre senti uma força interior muito grande na princesa, é uma das qualidades dela que me fascinam. Mas que ela tem ligação com o Castelo de Coração, essa fortaleza descomunal, isso jamais me passou em meus mais loucos pensamentos. – disse Rafael de Beveren.

— Me conte agora, não me deixe assim sem saber, não faça isso comigo. Já estou muito preocupado com tudo e pela primeira vez me vejo sem uma direção certa. Talvez seja esse o motivo da minha falta de determinação. Não saber para onde ir, assim que descobrir o caminho certo, pode ter certeza, vou colocar toda minha força para salvar a princesa, como sempre fiz.

— Calma, a permissão para que possa contar o que aconteceu é dada somente no Mundo da Sabedoria. – respondeu o Falcão.

Enquanto conversavam, o jovem perguntou ao Falcão:

— Você está sentindo um cheiro forte de eucalipto?

— Estou sim, muito forte. – respondeu o Falcão. — Estou tonto. Acho que vou desmaiar.

Foi o que aconteceu com os dois. Rafael de Beveren, enquanto o Falcão falava, já estava desmaiado, e logo o Falcão caiu por cima dele.

Quando acordaram, estavam em uma ilha deserta. Existia apenas uma linda casa de madeira para se abrigarem. Entraram à procura de ajuda, mas o local estava vazio. Não tinha muito o que vasculhar, pois era muito pequena, apenas um quarto, a cozinha e um banheiro. Uma varanda ao entorno da pequena casa, onde uma rede estava armada logo ao lado da única porta que existia no local.

O Falcão se aproximou para ver se alguém estava dormindo na rede, mas não havia ninguém. Olharam ao redor da casa e nada. A impressão era a de que fazia muito tempo que estava sem morador. Um pequeno fogão a lenha bem ao lado esquerdo da porta estava há muito tempo sem ser usado. Era a prova que faltava para concluírem que o local estava abandonado.

— Corre aqui, Falcão, veja isto atrás da porta.

— O que você encontrou? – perguntou o Falcão.

— Parece um bilhete. – respondeu. — Muito antigo, pelo jeito.

— Nossa, e põe antigo nisso, leia por favor.

— Vou ler em voz alta, fique atento.

— Sim, pode deixar. – disse o Falcão. — Estou ansioso.

Um pedaço de amor
neste local foi derramado
e o coração
pela mão amada
foi arrancado
e revelou-se a enorme ingratidão
de quem ama ou fingia amar
o amor sem amor
o amor de quem não ama
o amor que é fingimento
o amor que não é amor
e sim a mais mortal das armas
intangível
devo argumentar
que nenhum amor
vai se formar

(Marcelo de Beveren)

Assim que Rafael de Beveren terminou a leitura, os dois ficaram atordoados, não pelo texto em si, mas pelo nome que assinava ao final.

— Está assinado pelo meu irmão, como pode ser?

— Meu Deus, como assim? – perguntou o Falcão. Veja direito se não leu errado.

— É isso mesmo, Marcelo de Beveren. Completamente igual.

Foi então que o Falcão se retirou para o canto da varanda e por ali ficou por um tempo, apenas pediu para não ser incomodado. Que encontraria a resposta para o bilhete.

Depois de aproximadamente uma hora sozinho, o Falcão chamou o jovem rapaz e explicou o que precisava, sob a orientação da sabedoria.

— Sabe, quando nos encontramos em frente ao Castelo de Coração, disse que o Feiticeiro de Lenz, o pai da princesa, não era o responsável pela criação do castelo, como pensávamos.

— Sim, me recordo muito bem e fiquei intrigado com essa sua fala, Falcão. Até agora não consigo entender o que está acontecendo.

— Vamos nos sentar ali próximo ao desfiladeiro, quero te mostrar algo.

Atrás da pequena casa existe um desfiladeiro, não muito longe. Então se dirigiram para o local e, em dez minutos de caminhada, avistaram um banco enorme, feito por um tronco de uma árvore. Provavelmente era o local mais apropriado para se descansar. A visão era maravilhosa.

— Veja que incrível o que se vê daqui. – falou o Falcão. Repare também um pouco mais para a esquerda, o que você vê?

— Meu Deus, daqui é possível ver o Castelo de Coração praticamente em sua totalidade. Minha nossa, que lindo. Olha o brilho dele, parece ainda mais forte. Agora tenho a dimensão dessa fortaleza. Mas como pode ser visto de tão longe e parece que estamos quase que dentro dele.

— Pelo que fala uma lenda muito antiga por esses lados, posso imaginar que estamos no Mundo da Sabedoria. – disse o Falcão.

— Como assim estamos no Mundo da Sabedoria, Falcão? Não pode ser apenas isso! Está tudo bem que daqui é possível ver o mundo todo, mas é algo muito solitário. Quem viveu aqui não tinha companhia alguma. Totalmente fora do que eu estava imaginando encontrar.

— Eu também pensei que fosse completamente diferente do que estamos vendo. – respondeu o Falcão. O que posso afirmar é que não estamos na mesma dimensão da floresta. Em nenhuma das que sabemos. A lenda fala que o Mundo da Sabedoria é o local onde a "Sabedoria" consegue ver todo o universo ao qual fazemos parte. Estaria localizada na terceira dimensão, assim, a qualquer momento poderia acessar qualquer uma das outras duas.

— Inacreditável, meu amigo, mas não estou vendo a Sabedoria, se é possível vê-la. Agora estou ainda mais perplexo com tudo, fico pensando qual vai ser o desfecho do que está me dizendo e o que vamos precisar fazer. Que loucura, hein? Apesar de a paisagem ser belíssima, o que mais me encanta aqui é poder ver o Castelo de Coração sob esse novo prisma. Estou contente, encantado.

— Rafael de Beveren. – chama o Falcão.

— O quê? Me diga pelo amor de Deus.

— Corre aqui. Você está vendo a ponte invisível? Não me pergunte como, mas consigo vê-la.

— Você está doido, não vejo nada. Está querendo nos matar. Deve estar enfeitiçado pelo lugar.

— Não, amigo, pode me acompanhar de verdade. Venha!

Então os dois se aventuraram pela ponte invisível, e puderam se aproximar do Castelo de Coração. A Ilha da Sabedoria é conhecida em todo o mundo como a Ilha do Grande Mistério. Dizem que fica nas colinas de Viga, um lugar desconhecido até então. Enquanto olhavam sem sequer piscar para o castelo, o Falcão disse:

— Nesse tempo todo que vivi na Floresta de Hakkens, pude conhecer muito bem o que se falava sobre o Mundo da Sabedoria. Muito se fantasiava a seu respeito, todos sempre inventam histórias para ficar mais intrigante. Mas todos os sábios e seres místicos eram unânimes em uma coisa. Jamais foi permitido alguém entrar neste local.

— O que quer dizer com isso, Falcão? – perguntou Rafael de Beveren.

— Nós estamos aqui, simplesmente por isso. – respondeu.

— Sabe que não tinha pensado nisso. Se estamos aqui da maneira que viemos, com certeza fomos trazidos para cá por alguém. Só pode ter sido por meu irmão. Não tem outra explicação.

— Agora quem não entendeu nada fui eu. – esbravejou o Falcão.

— O que mais você sabe sobre este lugar, me conta? – perguntou Rafael de Beveren.

— Na verdade, o que já sabia te contei, mas uma voz me sopra aos ouvidos o seguinte: "Este local é o grande vazio do amor". Segundo a voz, a tristeza nasceu nesta ilha, na grande fornalha. A moça mais bonita foi esculpida pelo grande fogo, o fogo do amor. De vestido verde e uma boca de matar qualquer um de sede, fez o homem que aqui habitava por mais de mil anos conhecer o amor. O encantamento da moça era tamanho que foi tomado de imediato pela paixão avassaladora. Sua alma então se perdeu diante de tanto sentimento.

O homem até então não conhecia o sentimento da paixão, não havia sentido nada parecido por todos esses mil anos. Dominado pelo encantamento da moça, deixou que ela se aproximasse, ficaram muito próximos um do outro, e disse:

— Como você apareceu aqui? Deve ser fruto da minha imaginação, é impossível chegar nesta ilha sem que eu permita. E posso te dizer, em mil anos jamais dei tal permissão.

— Eu sei quem você é. – disse a moça. O guardião do coração de todos os seres existentes no universo. Te chamam de Sabedoria.

E sem que percebesse, pelo encantamento ela foi se aproximando dele e falando em tom suave, fez seus lábios encostarem nos dele ao proferir seu nome: Marcelo de Beveren.

Pôde sentir o gosto dos lábios dela percorrendo os seus. E olhava bem no fundo de seus olhos. A respiração ofegante pôde ser sentida pela moça, que deu um passo para trás. Já havia conseguido o que pretendia, jogar seus encantamentos e ser correspondida. Mas antes de dar esse passo, proferiu um beijo, fazendo seu coração disparar e suas pernas amolecerem. Nesse exato momento, conseguiu tomar o coração dele para si. Um ano foi o tempo que ficaram juntos no Mundo da Sabedoria e, para comemorar a data, pediu para que fizessem como da primeira vez quando se viram.

— Meu amor. – disse a moça. — Vamos relembrar nosso primeiro beijo? – disse ele, todo apaixonado. — O que você pretende, meu amor?

— Quero reviver aquele momento, o que acha de fazermos igualzinho, desde o momento em que me viu pela primeira vez.

— Claro que podemos, como negar um pedido seu, ainda mais para comemorar uma data tão importante.

— Só uma coisa. – disse ela. — Quero que seja por onde a lava derretida passa, pois foi por lá que consegui chegar até aqui e encontrar o amor da minha vida.

Todo empolgado com a fala da moça e tomado pela inocência do amor, se deslocaram até o local e começaram a fazer tudo como da primeira vez. Da mesma forma, a moça se aproximou dele, disse exatamente as mesmas coisas e se beijaram como da primeira vez. Assim que deu um passo para trás, trouxe de fato seu coração com ela.

Com a mão envolta na lava de fogo enquanto o beijava, enfiou a mão em seu peito, tirando seu coração, que batia em sua mão, quando ele percebeu o que estava acontecendo. Antes que perdesse o sentido e apagasse de vez, ela o deixou sentado ao lado do rio de lava.

Conseguiu ver a moça desaparecer pelo rio de fogo e sorrindo para ele, mostrando seu coração. Perdendo a consciência, colocou as duas mãos no chão e percebeu algo brilhando muito forte, o diamante vermelho. A pedra mais poderosa estava em suas mãos, em uma jogada do destino a seu favor.

O poder de Marcelo de Beveren se juntou à magia do diamante em formato de coração e, num sopro a sudoeste, criou o castelo mais lindo e intrigante de todo o mundo, para aprisionar a Rainha Vermelha. Era preciso salvar a sua vida e, para isso, colocou no lugar de seu coração o diamante vermelho, e recuperado e mais poderoso do que nunca, se jogou no rio de lavas para encontrar a Rainha Vermelha, que se preparava para fugir.

Não demorou muito para encontrá-la já quase na forma de lava, e antes que derretessem totalmente, sem que ela sequer imaginasse, misturou com a energia da Rainha Vermelha e, usando a magia do diamante vermelho de coração, levou-a para a prisão do castelo que acabara de criar. Em fração de segundos, a aprisionou em uma gaiola na quarta dimensão e ficaria atrelada ao diamante, que é a base do castelo e estava em seu peito.

A Rainha Vermelha usou do amor para conseguir vencer, mas o sopro a aprisionou para sempre no castelo na quarta dimensão. A moça que vestia verde o fez sentir na pele o gosto e a dor de uma paixão.

Marcelo de Beveren acabou por muito tempo morando no Castelo de

Coração e deixou o Mundo da Sabedoria. Desde então, passou a viver uma dualidade sem fim. O que ele sentia pela moça, a paixão, logo se transformou em amor e trouxe muita alegria e felicidade. Passou a ter um sentido em sua vida e vivia para o sentimento da paixão, a chama que mantinha acesa o amor. Mas também se deparou com a infidelidade, pelo caminho tortuoso que uma relação pode tomar. Enquanto o sentimento falava mais alto, tudo era muito maravilhoso.

Foi então que, diante do castelo que acabara de construir, decidiu acrescentar em seu interior um labirinto de coração intransponível, e para quem lá estivesse, sucumbisse pelo sentimento da paixão e se tornasse parte das paredes do castelo para sempre.

Certo tempo depois, surgiu no Castelo de Coração um feiticeiro poderoso, todo apaixonado e sofrendo demais pela traição da sua esposa. Entrando no Castelo de Coração com o objetivo de se libertar desse sentimento. Seus poderes foram sentidos pela Rainha Vermelha, que aprisionada na quarta dimensão percebeu algo muito forte. Utilizando de sua magia, ela conseguiu se conectar com o feiticeiro e ofereceu a ele um poder ainda maior em troca que destruísse quem a aprisionava naquele local.

Ofereceu a ele um poder ainda maior e a oportunidade de viver com sua amada esposa. Desde que em troca encontrasse alguma maneira de destruir Marcelo de Beveren.

Ela, então, pela mesma conexão que mantinha a caixa onde estava na quarta dimensão ligada ao castelo, fez parte de seu poder chegar até o feiticeiro. Que, diante da proposta de ter sua amada novamente, aceitou de imediato sem mesmo pensar nas consequências que viriam depois.

A Rainha Vermelha conseguia por alguns momentos tomar seu corpo e se transferir da quarta dimensão, conseguindo a tão sonhada liberdade. Mas não durava muito tempo e se enfraquecia demais. Para ela, era o começo para encontrar a saída da prisão e destruir Marcelo de Beveren.

O Feiticeiro de Lenz acabou se tornando o fiel escudeiro da Rainha Vermelha, que em determinados momentos tomava seu corpo para agir com toda sua crueldade. A Rainha Vermelha era quem controlava o Feiticeiro de Lenz.

No outono

Beira-mar
visto violeta,
me cai bem!

No entanto, o azul índigo
purifica Minh' alma,
e alimenta ilusões vãs!

Findo mar, vislumbro o baú,
minhas ilusões
vestem o tesouro!

Puro ouro, chuva-de-ouro
em pleno outono – inflorescências,
à beira mar!

Livro

*Como pude
não ter me apaixonado
por ti antes, livro.*

*Me olhava da estante,
até me paquerava
e nem bola eu te dava.*

*Ah! Livro, fui um tolo.
Quanto tempo perdido,
não fiz o movimento esperado.*

*Hoje pago o preço
pelo desprezo
por não ter me apaixonado, antes.*

*Agora, o tempo parece curto
para as páginas que me faltam,
enfim acordei!*

*Talvez tarde,
talvez cedo,
talvez no tempo certo, como saber.*

*Hoje apaixonado,
avanço pelas linhas, páginas,
e descubro um mundo encantado.*

*Novos caminhos surgem com a leitura,
minhas asas se soltaram e o voo se aproxima,
o mundo é o destino.*

CHÁCARA SANTA AURORA - O SÍTIO

Na Floresta de Hakkens, Marcelo de Beveren passava pelo final da purificação e foi encaminhado pela grande águia branca para a Chácara Santa Aurora, o sítio onde morava o Feiticeiro de Lenz e sua família, localizado próximo ao bairro marrequinha na cidade de Dracena/SP, logo ao passar pela estrada de ferro, primeira chácara à esquerda.

No processo de purificação, aconteceu o que Marcelo de Beveren mais temia, a grande águia sabia aos detalhes como tudo começou e quem ele era de fato. Disse a ele: — Sei que você é o guardião do Mundo da Sabedoria e foi apresentado ao sentimento da paixão pela Rainha Vermelha com a única intenção de destruí-lo. O instinto de sobrevivência e a dor da paixão o fez criar o Castelo de Coração, uma fortaleza que vai além de nossa imaginação e conhecimento. O poder do diamante vermelho e todo o sentimento que pôs nele deu vida própria ao castelo e não sabemos ao certo do que ele é capaz.

Marcelo de Beveren reconheceu o poder da águia branca e notou que segurava o coração de diamante vermelho, e perguntou: — Meu coração humano está novamente em meu peito e você de posse do que mantém o castelo vivo, como isso foi possível? O que vai fazer com ele?

— O Castelo de Coração não pode ser destruído, meu caro, fique em paz, precisamos agir rapidamente para devolver a alma da princesa e salvar o castelo, mantendo essa joia em segurança. Para isso, preciso que vá até o sítio e traga o cajado de ouro do Feiticeiro de Lenz.

— Mas águia, o cajado não está no Castelo de Coração? O Feiticeiro de Lenz tem o poder de aprimorar o labirinto de coração para que ele receba o maior número possível desse sentimento, aprisionando os apaixonados que entram no castelo.

— Isso é o que ele quer que todos pensem, que o cajado de ouro está no castelo, e quem quiser deter seu poder terá que ir até lá e se tornar uma presa mais fácil para ele. Não podemos perder mais tempo, você será encaminhado neste instante para o sítio e lá saberá o que fazer.

Quando percebeu, Marcelo de Beveren estava diante do portão de entrada do sítio, a única pessoa que poderia encontrar era a mãe da princesa. Entrou facilmente e de fato encontrou o cajado de ouro na cabeceira da cama do feiticeiro. Retirou com todo cuidado e já ia saindo rapidamente antes que fosse notado. Disse ele: — Tudo está muito tranquilo por aqui, a batalha que estamos prestes a vivenciar realmente não será neste lugar. Agora, como vou sair daqui?

Uma luz brilhou nesse momento, próximo ao lago por onde se forma a cachoeira, e então se dirigiu para lá e perguntou: — Tem alguém aí?

A árvore respondeu: — Você é o irmão do jovem rapaz, correto?

— Você deve estar falando de Rafael de Beveren, com certeza. Sim, é meu irmão.

— Então esse é o nome dele, agora entendo muita coisa. Você é então Marcelo de Beveren, a Sabedoria. Tome isso, meu amigo. A arma para recuperar a alma da princesa Atanerra de Lenz. O rubi vermelho criado por mim para salvar a princesa foi entregue a ela logo que nasceu pelo sapo e a protegeu da morte no exato momento em que o General a encontrou.

— Quer dizer que ele iria matar a princesa logo que passamos pelo portal no Vilarejo de Beveren?

— Exatamente isso, o General Ethan iria se tornar mais poderoso que a Rainha Vermelha ao se apoderar da força da princesa. O rubi vermelho na verdade tirou a alma da princesa e o fez acreditar que havia conseguido atingir seu feito. Só que agora temos um problema para resolver.

— O quê? – perguntou Marcelo de Beveren.

— O rubi vermelho precisa ser colocado o quanto antes no cajado de ouro do Feiticeiro de Lenz, caso contrário ela ficará sem alma para sempre.

— Árvore, como faço então para colocar esse rubi no cajado?

— Não é tão simples quanto parece – respondeu a árvore. Por que acha que não encontrou nenhuma resistência até agora?

— Qual a razão de a águia ter me enviado para este lugar?

— Marcelo – disse a árvore. — A princesa Atanerra está aqui comigo, eu sou a árvore da vida. Estou há milênios neste lugar, que hoje é um sítio muito simpático por sinal. Vivi muitas situações por estes lados, mas a que mais me envolvi até hoje foi a história de amor desses dois jovens.

Não poderia imaginar que, ao envolver meu irmão, tudo iria tomar essa proporção – respondeu Marcelo de Beveren.

Que ironia, presenciei o início desse amor e na época não sabia que fazia parte de seu plano contra a Rainha Vermelha e atacar o Feiticeiro de Lenz em seu ponto fraco, para que ela perdesse seu principal aliado, um bom plano – disse a árvore. — Mas terá que tomar uma decisão muito difícil neste exato momento, e tem tudo a ver com seu maior desafio: manter a Rainha Vermelha presa na quarta dimensão.

Marcelo de Beveren pergunta: — O que preciso fazer? – E acrescenta: — A paixão é um sentimento maravilhoso que nos foi dado no momento da criação, acabei por impulso, emoção e raiva trazendo o seu lado ruim.

Árvore responde: — A princesa tem apenas uma oportunidade para viver e está intimamente ligada ao Castelo de Coração, motivo este que precisamos mantê-lo vivo. Quando criou a quarta dimensão e colocou a Rainha Vermelha lá, na verdade a deixou ainda mais poderosa. Deu a oportunidade de ela criar seu próprio mundo sem ninguém para impedi-la e no tempo certo destruir o amor verdadeiro, fazendo com que as pessoas desacreditem dele com o passar do tempo e com o mundo moderno.

— A Rainha Vermelha então foi a responsável por enganar o Feiticeiro de Lenz, fazendo-o desacreditar do amor e passar a lutar contra ele mundo afora? – pergunta Marcelo de Beveren.

— Esse foi um recurso poderoso utilizado por ela – respondeu a árvore.

— Você não disse ainda o que preciso fazer?

— Marcelo de Beveren, é melhor ficar sentado e acreditar no que vou te dizer agora – respondeu a árvore. — A Rainha Vermelha sorrateiramente criou uma ligação entre a quarta dimensão e o Castelo de Coração. Ela conseguiu chegar a seu coração de diamante forjado das profundezas da Terra e se alimentava do sentimento da paixão que ainda vive em você, mais do que isso, de toda a energia do Castelo de Coração, e está criando um poder imenso. Transformando a paixão em sua pior versão, e irá muito em breve criar um exército para dominar o mundo a partir da quarta dimensão. Estará muito à frente de qualquer época e com recursos inimagináveis. Por essa razão, a grande águia branca tirou o coração de você e o fez voltar ao que era antes.

Incrível – responde Marcelo de Beveren. — O coração ficará vulnerável a partir de agora, com certeza ela virá atrás dele e assim tudo poderá ficar sob o controle total da Rainha Vermelha.

É justamente nesse ponto que queria chegar, e a sua decisão será muito difícil. A princesa Atanerra só conseguirá ter a sua alma de volta se for enviada para a quarta dimensão de posse do diamante vermelho de coração – disse a árvore.

Marcelo de Beveren fica incrédulo com a fala da árvore: — Não pode ser essa a única saída para salvar a princesa. Vamos esperar meu irmão, que deve estar chegando com uma solução, como sempre faz.

— Não temos outra saída, meu amigo. A única pessoa que tem o poder de usar o coração de diamante e ter o poder do castelo e controlar a paixão de toda a humanidade e seres diversos é a princesa. A grande águia branca de posse desse conhecimento prendeu seu irmão e o Falcão no Mundo da Sabedoria. Eles conseguem ver tudo o que estamos fazendo, mas não podem fazer nada. Desta vez, ele não vai aparecer com alguma solução incrível, como sempre fez.

— Então terei que libertar a Rainha Vermelha! – exclama Marcelo de Beveren, em voz alta. — Ela vai matar todo mundo estando solta e só tem um jeito de evitar isso: o cajado de ouro estar de posse de uma pessoa completamente pura de coração, possuir o Anel de Akredon e ter em mãos uma rosa roxa e não possuir um coração humano, por esse estar partido pelo sentimento da paixão.

A árvore aponta para uma direção e pede que o rapaz olhe e diz: — Atrás da cachoeira tem uma rosa roxa que faz a conexão entre esse mundo e o Castelo de Coração. O portal que existe nessa cachoeira é controlado pela rosa roxa.

— A princesa Atanerra aparece nesse momento segurando o Anel de Akredon que foi entregue a Rafael de Beveren no quartel-general e acabou deixando com a princesa justamente para contradizer o que lhe foi solicitado ao receber o anel: que ele não retirasse o anel por nada nesse mundo em hipótese alguma. Como ele não confiava no general, achou melhor deixar que a princesa guardasse em seu bolso.

— É, com certeza meu irmão deve estar muito arrependido dessa decisão, mas pelo jeito irá salvar a princesa, mesmo não sendo a maneira que imaginávamos – disse Marcelo de Beveren. E completou: — Princesa? Que bom te ver novamente.

A princesa já estava com o coração de diamante em seu peito, o Anel de Akredon, a rosa roxa, o cajado de ouro e o coração partido por não mais poder encontrar o seu grande amor, Rafael de Beveren.

Ela se dirigiu ao local onde estava a rosa roxa e a retirou, segurando com um olhar determinado, e disse: — Vamos logo fazer o que precisa ser feito para recuperar minha alma e salvar o mundo da Rainha Vermelha. Meu pai está nos esperando em frente ao castelo e agora poderá viver seu amor com minha mãe. Isso o fez romper a ligação com a Rainha Vermelha e irá nos ajudar, mesmo não sabendo ainda o que precisará fazer.

Marcelo de Beveren diz então: — Esse é o grande problema que temos que enfrentar ainda, mas vamos logo, o tempo está se esgotando.

Diante do Castelo de Coração, Marcelo de Beveren encontra com o feiticeiro, que disse: — Finalmente nos encontramos, esperei muito tempo por este momento e meu objetivo sempre foi destruir você. Pelo visto, não será desta vez, consigo ler seus pensamentos: você quer que aprisione minha filha no lugar da Rainha Vermelha na quarta dimensão?

— Você sabe que esse é o único modo de salvar a princesa e o Castelo de Coração, bem como o amor que tem por sua esposa. De poder vivenciá-lo novamente como sempre quis – responde Marcelo de Beveren.

O feiticeiro em voz alta diz: — O cajado de ouro só pode ser empunhado por mim, não vou fazer isso com minha filha, a princesa Atanerra.

E pegou o cajado das mãos da princesa. Rafael de Beveren, aquele jovem insolente, com certeza vai aparecer com suas loucuras e salvar minha filha, como sempre. Cadê você jovem rapaz, agora que preciso de você? – gritou o feiticeiro.

— Pai – fala a princesa. — Não temos muito tempo, estou me sentindo muito fraca e não poderei mais recuperar minha alma. O pouco que existe está se esgotando, o diamante vermelho de coração precisa dela para concluir a ligação.

O Feiticeiro de Lenz e a princesa Atanerra estão frente a frente com uma decisão impensada por todos. Sabiam que no fundo era a melhor decisão a ser tomada, mas o custo emocional seria irreparável para todos. Por incrível que pareça, ela conseguiu o que há anos desejava, ter seu pai a seu lado. De algum modo, isso a encorajava, pois sabia que ele não desistiria dela e poderia unir seu pai e o jovem rapaz finalmente.

— Estou pronta, pai – gritou a princesa.

Nesse instante, o Anel de Akredon se quebrou na mão da princesa e um estrondo pôde ser ouvido.

O feiticeiro assustado e com medo de não mais poder salvar sua filha teve toda a verdade revelada no momento do nascimento da princesa e empunhou o cajado de ouro com o rubi vermelho, ficando ainda mais poderoso, então, enviou a princesa para a quarta dimensão, libertando a Rainha Vermelha. O Anel de Akredon então se fundiu novamente voltando ao normal, e mostrou a princesa Atanerra dentro da gaiola de coração na quarta dimensão.

— Vou encontrar uma saída para você, minha filha, pode ter certeza – gritava o Feiticeiro de Lenz, abraçado com sua amada esposa e de posse do cajado de ouro.

Rafael de Beveren, o jovem rapaz, observava tudo da terceira dimensão no Mundo da Sabedoria. Assim como o Falcão não acreditava no que estava acontecendo. Sua dor era imensa e conseguiu apenas que o Feiticeiro de Lenz ouvisse a sua voz. — Me encontre daqui a três anos na chácara Santa Aurora – o sítio em frente à cachoeira. Pede para Amiel de Aurora colocar a rosa roxa novamente onde estava, assim que chegarem lá. Depois entrem no Castelo de Coração e descubram a fórmula do amor. Enquanto isso, mantenha a Rainha Vermelha sob vigilância. Temos que salvar a princesa Atanerra.

Esperança

Paro o carro.
Abro a porta.
Vejo as pessoas,
vejo coisas certas e erradas.

Entro no carro.
Fecho a porta.
Me tranco em meu mundo.
Abro a outra porta.
Me olham.
Me veem como louco.

Entro novamente.
Me fecho mais uma vez.
Talvez possa tentar sair.
Pela porta traseira,
pelo porta-malas,
pelo teto solar.

Me fecho mais uma vez.
Travo todas as portas.
Ligo o carro.
Sigo pela estrada da vida.

Quem sabe outro dia.
O mundo me apresenta.
Ou eu me apresento a ele.

Oi, mundo!
Estou aqui!
Quero te conhecer.
Tenho medo.

Mas sei que assim.
Deixo de conhecer.
O melhor da vida!

Vou sair do carro e
levar todas as portas comigo.
Destruir as barreiras
que puder
e ser feliz.

As palavras

*As palavras me vêm à cabeça,
mas param na boca...
Quero falar, gritar, enfim,
expor para o mundo
o que sinto!
Não posso...*

*O calor das palavras
podem provocar incêndios...
E queimar
o que sou,
o que pretendo ser.*

*O fogo me consome,
por dentro!
Posso me esvair, por completo
nas chamas...
dos sentimentos.*

*Caso exploda,
serei lembrado?
O que fiz ou deixei de fazer
me define!*

*Minha voz é pequena,
minha luz, melancólica,
minha...
esqueci!*

*Me perdi,
fui consumido
pelas chamas
da vida cotidiana.*

*Minha voz?
Ficou pelo caminho!
Como a de muitos,
que se calam?!*

A FÓRMULA DO AMOR

O Feiticeiro de Lenz e sua amada esposa Amiel se dirigiram ao Castelo de Coração em busca da fórmula do amor. Sabia que tinha uma parte do castelo desconhecida até mesmo por ele e, logo que chegaram, disse: — Quem diria que um dia estaria em uma posição dessas, de entrar no castelo para buscar algo importante, nessa posição não estou imune aos seus encantos e posso ser mais uma de suas vítimas.

— Querido. — disse Amiel. — Eu sei exatamente o que vamos encontrar no castelo, ou acredita que fiquei todo esse tempo parada cuidando da casa? E deu um sorriso de alegria.

— Como assim? – perguntou o feiticeiro, com um ar de espanto.

— A partir de agora, vamos vivenciar algo de real na ala norte da torre principal do Castelo de Coração, irá se surpreender com o que tem por aqueles lados. O castelo realmente é incrível. Nos últimos dez anos, tenho estado aqui com muita frequência. – respondeu ao marido.

— Mas como pode ter resistido aos seus encantos e armadilhas? Não poderia ter estado em seu interior sem que pudesse ter notado sua presença?

— Homens, como são tolos. – e sorriu novamente. — Lembra que o sentimento da paixão não faz parte da minha vida desde que a princesa nasceu? O Castelo de Coração não identifica alguém que não esteja apaixonado em seu interior.

— Mas é impossível entrar sem que esteja apaixonado! – exclamou o feiticeiro.

Amiel começou a dizer como conseguiu tal feito: — Meu coração estava vazio todo esse tempo, minha mente sabia de cada instante que vivemos juntos. Encontrei a rosa roxa ao lado da cachoeira próxima ao lago e a árvore da vida me disse o que deveria fazer. Tenho em minha mente suas palavras como se fosse hoje. "Amiel, a princesa Atanerra vai precisar de sua ajuda para sobreviver, vá para a ala desconhecida do castelo e assim terá a oportunidade de salvar o mundo da destruição. Ah, e vai recuperar o seu amor pelo Feiticeiro de Lenz – Rafael de Marc".

Durante esses anos, Amiel de Aurora esteve na ala desconhecida do castelo e o universo da paixão passou a ser apresentado a ela, passando a ter um novo objetivo de vida. Suas anotações foram descritas em um papiro, como vamos ver a partir de agora.

Anotações de Amiel no papiro conhecido como "O papiro de Amiel".

Para muitas pessoas, a paixão passa a ser a única razão de viver e acabam aprisionadas por esse sentimento tão bonito, como é bom estar apaixonada, embora não possa sentir, tenho em minha memória a lembrança de tudo que vivenciei com meu amado. Ao sermos tomados por esse sentimento (como vimos no primeiro livro *O lado doce da paixão*), passamos a ser uma nova versão de nós mesmos e dividimos espaços entre o que somos e o que estamos sentindo (os quatro níveis da paixão), entendemos como o sentimento da paixão caminha dentro de nós e a importância que ele tem em nossas vidas.

A paixão começa a fazer parte de nossas vidas e caminha pelo nosso interior, aguça o mais íntimo de nosso ser, nossa mente muda de foco e busca o objeto da paixão o tempo todo. Muitas vezes, pode ser avassaladora e mexer de fato com a estrutura da pessoa, causando um certo desequilíbrio. Intenso em determinados momentos, os desejos afloram como nunca.

Vamos pensar nesse instante a paixão como sendo algo maior do que os desejos do corpo e a satisfação do ego apenas, ou seja, a humanização da paixão.

Aprendemos a lidar com ela nas quatro etapas da paixão e tenho bem claro em meus pensamentos que é possível encontrar a fórmula do amor. Esse pensamento vem constantemente me dominando e percebo ser o caminho para o que a árvore da vida solicitou.

A escolha pelo sentimento da paixão abre um leque de opções dentro de nós e precisamos estar atentos, caso contrário será reduzida ao ato sexual, simplesmente e nada mais, sem medo de defini-la sobre esse prisma. Satisfazer apenas o corpo e assim criar uma falsa ideia a respeito do verdadeiro objetivo da paixão. Como é difícil aceitar esse conceito tão simples e surge então alguns questionamentos necessários.

— Já parou para pensar por que a paixão existe? Qual a finalidade desse sentimento muitas vezes tão intenso? Ela existe apenas para satisfazer os desejos carnais? (Amiel anota no papiro o seguinte: "Tais questionamentos foram feitos diante de minha imagem projetada na parede do castelo").

Temos então uma ilusão de "satisfação", ao reduzirmos a paixão ao prazer sexual unicamente. Claro que a questão da efervescência dos hormônios do prazer, de nossas redes neurais que buscam como nunca a satisfação desses desejos, em vários momentos são maiores que nossas vontades e pensamentos. São importantes e precisamos sim ter o cuidado para não acabarmos sendo controlados por eles e ficarmos exclusivamente à mercê desses desejos, a ponto de nos tornarmos escravos dele.

— O que não fazemos muitas vezes por isso? Qual o preço que pagamos agindo assim? E como controlar esses impulsos humanos? (ao lado das perguntas, estava escrito por ela: "muitas vezes fiquei refém dos desejos").

Quero ir além e mostrar que o sentimento da paixão é a porta de entrada para algo maior em nós – o amor! Somente assim é possível entender que o outro é muito mais do que pernas, coxas, bundas, peitos, abdomens, músculos, ..., e bocas (anotações em destaque são deixadas nas linhas a seguir por Amiel: "Quantas cenas fortes visualizei nesse exato momento, e eram projetadas nas paredes do castelo, lembranças até então esquecidas pelas circunstâncias. O suor escorria pelo rosto de tanto desejo. Se a paixão estivesse fazendo parte de minha vida neste momento, iria me perder para sempre no Castelo de Coração").

Seria muito fácil reduzir a paixão à satisfação simplista do corpo, levando-o ao atendimento de nossos desejos tão somente. Fato que banaliza o sentimento da paixão, podendo nos tornar reféns do "ato sexual" como resultado da paixão. Um final muito triste para um sentimento tão bonito e importante para o ser humano. Novos questionamentos tenho que fazer ao castelo, após recordações que me puseram à prova: – Estamos dando a devida importância ao sentimento da paixão? – O homem nasceu apenas para o desejo sexual? – E a mulher apenas para atender a esses desejos e à procriação? (aqui há homens e mulheres especificamente como gênero, anotações em destaque ao lado do papiro).

Por mais que o tema abra um leque de discussões para muitos, quando levamos nossa mente e nossos pensamentos apenas para o humano, ocorre a humanização da paixão. Podemos dizer que nascemos para satisfazer os desejos carnais, seja qual for a relação entre duas pessoas, e surge então algo novo: o pecado. Pode nos levar a fazer coisas terríveis em determinadas situações e perder a essência de quem somos. Nos tornamos objetos de desejo e nada mais (Amiel deixa a anotação do pecado em destaque no papiro).

A única solução para que a paixão cumpra de fato seu papel é entender que existe uma força maior que nos criou. Sem essa conexão com o Criador, a sua existência se reduz ao que o mundo lhe apresenta como real a cada momento da história. As coisas do mundo ditam o rumo de sua vida (o poema a seguir retrata a humanização da paixão e estava descrito por Amiel no papiro).

Apenas corpos

*O corpo pelo corpo
as pernas pelas pernas*

O LADO DOCE DA PAIXÃO

*o movimento de ambos
conexos ou não,
que se alinham pelo desejo
de pernas e bocas.
Abdomens que se tocam,
que se esgotam.
A boca cheia de desejos
com línguas que se movem
boca adentro.
A pele que se toca
e se tocam.
Em pernas e braços nus
os corpos despidos.
Que pela paixão aquecem
e se esquecem
da razão, ou não?
E se esquecem da paixão,
e sem ela?
A ilusão apenas.
Corpo com corpo,
ferro com ferro,
movimentos frios.
Que se batem,
que se invadem,
e destroem a alma.
E se afastam do Criador,
o corpo
bate com o corpo,
ambos frios.
Ambos estavam vazios.
E se findam,
no gozo vil.*

Quando a paixão passa a ser apenas desejos, ocorre um desequilíbrio e tudo fica desigual, um acaba usando o outro em benefício próprio. Um rol de opções dramáticas entre os dois se apresenta, a omissão de um deles será real. Quando a paixão é levada exclusivamente como objeto de desejo, dá-se uma meia-volta em seu verdadeiro papel, a de nos levar para o amor.

Se em dado momento optamos pelo sentimento da paixão, por sua pureza, entendemos que ela é muito mais que o caminho para satisfazer nosso corpo. Ao escolhermos aproveitar esse sentimento, o dominamos, mesmo com as dificuldades que ele nos apresenta. Dominar a paixão é uma questão de sobrevivência e podemos nos habituar com esse sentimento, tornando-o corriqueiro e agradável, seja qual for a situação (o dilema da paixão – livro um). Tal controle evita o desespero de possuir o objeto da paixão a qualquer custo, inclusive o de reduzir-se ao que o outro espera de nós, satisfazendo nosso ego.

O sentimento da paixão é a porta de entrada para o amor e devemos fazer uma observação muito importante (Amiel deixa em destaque no papiro essa parte). Lembrar que em nossa unicidade com o Criador temos o amor dentro de nós. O amor é um sentimento inato, ou seja, nascemos com ele. O amor não pode ser confundido com a paixão, pois são duas coisas completamente diferentes.

A paixão nos leva para o amor se soubermos em cada relacionamento nos apaixonar pelo cotidiano, pela simplicidade das coisas que estão ao nosso redor e fazem parte da vida. A paixão pelo animalzinho de estimação, regar as plantas, cozinhar, trabalhar, o pássaro que busca alimento no vaso de plantas em frente à janela da cozinha, fazer um café da manhã. A simplicidade da vida nos leva ao amor e nos conecta com o que de fato viemos fazer neste mundo.

A paixão não é um sentimento exclusivo da relação homem-mulher, mas sim de todo um contexto ao qual estamos inseridos. O apaixonar-se pela vida fica bem claro diante do que estamos tratando. A ausência da paixão em nosso dia a dia nos coloca em rota de colisão com o universo, ficamos como um barco à deriva sem saber qual direção seguir.

O vento cada dia o leva para uma direção em movimentos desconexos com sua verdadeira essência (o papiro apresenta gotas de lágrimas e a anotação de Amiel: "Não somos nada sem dar valor ao que nos rodeia").

O sentimento da paixão na relação do casal precisa estar ligado de forma mais ampla, em como lidar com as situações corriqueiras, nos comportamentos do dia a dia, nos relacionamentos e atitudes. O universo ao qual estamos inseridos influencia diretamente no lidar com o sentimento da paixão.

O amor pelo próximo, ao qual estamos de alguma forma ligados pelo Criador, nossa espiritualidade com Deus resulta no modo como lidamos com o sentimento da paixão e consequentemente o amor (Amiel deixa um registro na lateral do papiro: "A percepção de relacionar a paixão e a busca pelo amor ao Criador foi algo inesperado até esse momento. É urgente seguir mais adiante para o desconhecido do castelo").

Após cinco meses de isolamento, retomo os escritos com novos conhecimentos (escreve Amiel na sequência do papiro).

Se nos comportamos de maneira isolada em todos os contextos de nossas vidas, com certeza trataremos a paixão de modo isolado. O que aumenta e muito as chances de tratarmos de modo a não entender a grandeza desse sentimento.

A paixão é o tempero que dá sabor ao relacionamento, é o cuidar um do outro, de passar juntos pelas dificuldades do cotidiano, de estarem em uma comunhão entre si. De alguma forma, ajustando esse sabor da paixão, evolui-se para a construção do amor entre eles. O amor irá florescer como a flor em plena luz do dia que enche nossos olhos de alegria.

Se esse tempero estiver conectado com tudo o que movimenta o casal, desde o amanhecer até o entardecer, e quando a noite chegar os dois estiverem como a lua, que cada noite nos enche os olhos com suas particularidades, seu jeito único e encantador, a vida será plena de luz.

O sabor da paixão nos leva à alegria de aproveitar a presença do outro e ir "construindo o amor".

É algo muito maior do que distorcer a paixão pelo desejo sexual e satisfação do corpo. A paixão nos leva à alegria de estarmos juntos dia a dia, de nos cuidarmos mesmo diante das dificuldades, e assim florescer o amor.

A paixão é o pontapé inicial para o amor a dois, pela busca de nossa alma gêmea. O sentimento da paixão é o que nos difere das demais espécies em relação à procriação da espécie. Crescei e multiplicai. – O que nos difere então dos demais animais com relação à procriação? – Da preservação de nossa espécie? O sentimento que deve existir entre os dois vai muito além do sentimento de pertencimento entre ambos e é o grande ponto a ser analisado ao que nos foi dado pelo Criador. A junção da procriação e do sentimento. A desconexão nos leva ao mesmo patamar das demais espécies do planeta Terra (ressaltar aqui os grifos de Amiel no papiro: "A junção da procriação e do sentimento da paixão").

Vale registrar que o "amor a dois" é posterior ao amor primordial, e esse não se perde em detrimento do outro.

A nossa relação pessoal com o Criador (Deus) tem influência direta em como lidamos com o sentimento da paixão e se ela vai nos levar ao amor ou não. Como viemos para o mundo sozinhos e assim vamos deixá-lo, quando encontramos alguém que nos completa no contexto de nossa existência, precisamos sim manter nossa ligação com Deus. O amor a dois em hipótese alguma pode substituir o amor primordial.

Essa clareza é fundamental para que em ambas as situações se tenha êxito, nada mais é do que estar de bem com seu papel no mundo, conhecer seu propósito de vida perante o coletivo de nossa espécie.

Não tenho o direito de colocar o amor por minha(meu) parceira(o) na relação homem e mulher acima do amor dado pela minha relação de unicidade com o Criador (Deus).

Se assim o fizer, acaba por deixar de entender que esse amor, que se recebe como criatura humana e nos liga a todos os outros de nossa espécie no momento da concepção, faz parte de nossa condição humana. Passa então a dar importância ao amor entre as duas criaturas em detrimento do Criador. Os dois devem estar entrelaçados e, ao mesmo tempo, separados, como a água e o óleo quando se misturam ou não. É uma decisão humana ter esse entendimento da relação com Deus (Amiel faz uma anotação no final da frase: "Esse conhecimento faltou em minha vida anos atrás").

Nos afastamos assim perigosamente do amor primordial antes de qualquer possibilidade que nossa mente nos leva a pensar, não podemos esquecer dessa relação única com Deus. Nossa espiritualidade nos leva a quem de fato somos, assim não transferimos nosso ser ao outro e nem esperamos o contrário. Temos claro o papel de cada um nesse relacionamento, bem como a ligação necessária com Deus tanto no individual como no coletivo do casal. Podemos definir que a paixão acrescida do sabor da paixão, da alegria no outro e ir construindo o amor estão intimamente relacionados ao amor que nos foi dado pelo Criador (Amiel deixa registrado a seguinte fórmula e aponta ao lado: "É isso. Incrível!").

Paixão + Sabor da Paixão + Alegria no Outro + Construir o Amor
---
Amor Primordial

Não podemos ser o resultado do que o outro faz ou deixa de fazer e assim simplesmente viver em função do outro. Isso é uma relação promíscua consigo mesmo.

Quando o outro é a única razão de ser e determina as atitudes e ações, acontece uma dependência dessa relação e nos leva a esquecer a relação original com nosso Criador.

Quando há essa substituição do amor primordial pelo amor a dois (homem e mulher), em sua grande maioria forma uma relação de dependência entre eles, quase sempre danosa a um dos parceiros ou até mesmo aos dois. Podendo inclusive chegar à submissão total entre ambos.

Não podemos deixar de ser quem somos porque o sentimento da paixão começou a fazer parte de nossas vidas e o processo para o amor se iniciou. Mesmo não se tendo a noção de que esse é o caminho, no início é preciso respeitar quem realmente é, mesmo estando apaixonada(o) loucamente, e acaba cometendo alguns deslizes.

A paixão se dá quando o fator externo ativa esse sentimento, e tem-se o início do processo da "Jornada do Amor", que é construída ao longo do tempo. A paixão então abre as portas para o amor e tem-se o início de uma verdadeira jornada entre o casal.

Saborear a paixão como sentimento nos leva a aproveitar sua pureza e inocência, facilitando assim a caminhada para o Amor. O amor acontece nesse caminhar entre os dois, essa clareza e responsabilidade de ambos é fundamental para que o processo ocorra dentro do que se espera para uma relação que busca o amor acima de tudo.

Chegamos então à fórmula do amor, um constructo necessário para materializar esse sentimento com o passar do tempo (Amiel reforça em seu texto escrito no papiro que a fórmula do amor satisfaz sua busca e será colocada à prova quando chegar o momento para libertar a princesa Atanerra).

Qual é o papel da paixão nesse contexto? Ela é o amor? Trata-se do mesmo sentimento? (registra-se que uma observação aparece nesse momento no papiro escrito por Amiel: "Estou aguardando as respostas de meus questionamentos, castelo, vamos?").

O amor é o conjunto vivido em nosso dia a dia a dois, e se estamos falando da relação entre dois seres criados por Deus, então, esse amor está ligado ao primeiro. Porque ele nos amou primeiro e quer que exercitemos esse amor com nossos irmãos de forma coletiva, simples assim (destaca-se que no papiro, nesse ponto, estava escrito ao lado do texto: "Obrigado novamente por me fazer entender o que precisava castelo").

Em uma relação, não podemos nos esquecer que para sermos dois é preciso que individualmente cada um se mantenha ligado ao Criador. Caso contrário, o amor entre eles não se faz, criando assim uma falsa sensação de estarem apaixonados ou até mesmo amando.

"Os dois serão somente um se ambos buscarem sua unicidade no amor primordial".

Como podemos chegar então ao que acabamos de propor? Como se dá em nossa relação cotidiana? (Amiel questiona o castelo que isso é impossível de se fazer: "Não conheço ninguém nesse mundo que tenha chegado a um ponto desses". E questiona o castelo: "Por qual razão você constantemente recebe tantas pessoas e seres inanimados?").

A paixão é um sentimento que não se pode pegar, é algo intangível. Sabemos que existe e, mais do que isso, a sentimos muito forte em nosso interior, representada pelo coração. É como fazer um belíssimo pão caseiro, onde se pega os ingredientes nas mãos e vai se construindo algo de real conforme segue a receita. O processo até chegar ao delicioso pão imaginado de início exemplifica a construção do amor a dois.

O amor é assim: "Quando somos tomados pelo sentimento da paixão, vislumbramos uma relação longa e muitas vezes duradoura e nos esquecemos do caminhar. De seguir os passos necessários para que aconteça da maneira correta, como fazemos ao colocar os ingredientes para se fazer o pão. Uma coisa por vez e respeitando os ingredientes e o tempo necessário para acrescentar cada um deles. Essa é a receita do amor. Faça o que acabou de descobrir e chegará ao amor a dois." (Amiel anota que visualizou essa parte nas paredes do castelo).

Embora não seja palpável, que se toca, o sentimento existe e o amor pode ser percebido como algo mais real. Enquanto a paixão se figura no campo do invisível, do sentir, o amor é algo mais real. Pois se dá na relação com o outro, isso em todos os sentidos. Um emaranhado de situações que acompanham um relacionamento nos leva ao amor, desde que a paixão tenha o seu devido valor e seja tratada da maneira correta.

O amor é resultado de a paixão acontecer no relacionamento, muito mais do que apenas o sentimento, o conviver entre eles é tão importante quanto o sentimento. O fator externo ativa o sentimento da paixão em busca de nossa completude, é o que leva a paixão a dar o *start* na jornada do amor, e se completam no resultado esperado por ambos. Um equilíbrio perfeito entre o casal.

É um processo difícil que precisa ser construído, assim como o amor original deve ser construído de modo concomitante à jornada do amor.

O amor ao próximo se dá de modo verdadeiro se estiver ligado ao amor primordial. Só vou amar a dois se fizer o mesmo com o Criador (Amiel circulou essa frase várias vezes no papiro).

O amor a dois acontece somente se ambos estiverem ligados em sua unicidade ao amor original com o Criador (Deus), assim constroem o amor a dois. Na unicidade do casal, agora ligado ao amor primordial, cada um se fortalece no Criador, e junta suas forças, e como "casal" se estende ao amor primordial, como um novo ser. Os dois tornam-se um e mantêm-se dentro da unicidade específica, também a unicidade do casal com o amor ao Criador, a origem do amor. Tudo que for fora disso é falso. Não existe o amor, apenas a ilusão (Castelo, como pode isso ser possível de ser realizado? Somos constantemente enganados por nossa mente e agimos de modo a quebrar o elo com o Criador. O nosso lado humano nos sabota o tempo todo e quando entramos em um relacionamento tudo fica mais aflorado. Amiel escreve essa parte entre dois semicírculos).

A conexão com o Criador deve acontecer primeiro de modo isolado, estando os dois fortalecidos na relação por essa conexão direta com o Criador, apresentam uma espiritualidade como casal que também deve estar diretamente ligada ao Criador. Assim, se unem e formam a unicidade do casal no Criador. Caso contrário, podem achar que encontraram o amor a dois sem a ligação com o Criador, entrando num processo de isolamento, temos aqui o amor egoísta como casal. Temos a humanização do amor em casal e passa a ser um conto de fadas, uma ilusão repleta de fantasias, que muitas vezes o vilão acaba por vencer na história, que deveria ter um final perfeito.

A fórmula do amor nos leva a essa totalidade em se tratando de amor a dois ("a fórmula do amor é projetada nas paredes do Castelo de Coração ao mesmo tempo em que escrevo no papiro" – anotações de Amiel).

AMOR = Paixão + Sabor da Paixão + Alegria no Outro + Caminhar para o Amor

Amor Primordial

O amor a dois nada mais é do que o resultado de uma construção pelo tempo que se caminha pela estrada da vida. Se a paixão for complementada com o sabor da paixão, o tempero que dá gosto ao viver de ambos passa a ser como o fogo que arde sem se ver, que com o tempo pode se apagar. A invisibilidade do sentimento se esvazia pelos dedos na mesma intensidade que se iniciou, como a fogueira que começa pequena e se enche de chamas e logo vira cinzas.

Para que esse fogo seja alimentado e mantenha as chamas acesas, a paixão necessariamente precisa de um tempero durante os afazeres do cotidiano, do carinho e do cuidar um do outro. Assim, o fogo não se alastra demais e passa-se da "volatilidade" da paixão que logo se apaga para uma regularidade maior. A paixão necessita de cuidados, é como regar as plantas do jardim, um pouco por dia e na dose certa, mas incompleta ainda. O sabor especial pode prolongar por mais tempo tais chamas, mas não o suficiente ainda.

O cuidar é cultivar no outro a alegria de estarem juntos. É cultivar a paixão sem interesses, sem que no final da ação haja o desejo, o egoísmo, a satisfação do corpo apenas. É algo puro que vai além do humano, do que nossa mente nos leva a pensar o tempo todo, na posse do outro. É algo superior a tudo isso.

A satisfação do outro nos leva ao contentamento que transcende ao que o corpo quer e almeja, o que a mente projeta para uma relação a dois.

A mente e o corpo precisam estar ligados para que o amor a dois seja de fato construído durante o tempo.

Se a paixão recebe o sabor de cada um, com suas especificidades, seu jeito peculiar de ser, vai além do desejo inicial da paixão e o fogo arde para sempre. O tempero que cada um coloca no relacionamento com o mais profundo de seu ser, os dois "sachês" que compõem a paixão os levam a caminhar juntos na mesma direção.

O caminhar para a paixão nos leva ao amor a dois, desde que dentro do amor primordial.

O caminhar para a paixão é um elevar-se da relação ao nível de uma santidade do casal, se e somente se, no processo ambos cultivam em suas essências o amor a Deus, a mente voltada à Criação.

Cada qual coloca sua santidade no "altar da paixão", que é o início para que ambos se completem na busca pela sua alma gêmea. O sentimento, quando escolhido acima da relação doentia do ato humano, se sobrepõe ao que há de mais egoísta, da permissividade de um ou do outro para atender aos desejos egoístas do ego.

O sentimento da paixão é a chave inicial para que a fórmula do amor a dois se construa por si só, algo que recebemos no momento da criação como algo a mais, desde que essa clareza de que caminhar juntos para o amor é uma estrada desafiadora, porém possível (Amiel novamente faz uma anotação nesse ponto: "Castelo, tenho agora que é possível de ser realizado, mas para poucos").

Para que tudo aconteça, necessariamente deve estar ligado ao amor primordial como um somatório, uma contribuição individual ao casal e não a transferência de cada ser individualmente. A relação individual com Deus cria um poder pessoal incrível em cada um dos membros do casal e consequentemente forma o poder do casal em uma unicidade incondicional com o Criador.

Cada qual com seu poder pessoal, ligados ao Criador, forma o poder do casal. Esse é outro ponto chave na fórmula do amor, pois se um dos membros ou ambos se põem a trabalhar apenas o "amor a dois", acabam por criar um casulo onde o centro fica vazio e pode estremecer a qualquer momento. Mesmo aparentemente perfeito. Cria-se um mundo isolado e muitas vezes de completa ilusão.

Quando a relação se torna maior que o somatório de cada um, a chance de isolamento em uma redoma é enorme. O casal se fecha para o mundo e trai de certa forma o amor primeiro ao qual fomos criados.

A chave para que o amor a dois seja o resultado de tudo o que vimos é que cada um mantenha sua identidade original com o Criador, buscando sua evolução espiritual, elevando-se no processo evolutivo da espécie humana. O amor primordial é mantido na individualidade e, também, quando se unem em um só.

Os dois são a soma de cada um, respeitando o individual no que tange à essência com o Criador. Estamos falando aqui da sua relação com Deus, da ligação que tem ou não. Se não acredita, não chegará ao mais puro amor. Uma dádiva do Criador, mas que, se a relação existe, é algo a ser aprendido durante a vida.

Quando tudo isso se fecha com o amor primordial, temos o amor a dois, algo que transcende a compreensão humana, que está acima do poder da carne, do corpo. É algo espiritual. No mais profundo mar, encontra-se a pérola escondida na ostra.

A pérola é o amor primordial dentro de você, e cada um na relação é como uma ostra, que se completa na relação a dois, mas mantém-se o amor com Deus, sua individualidade e unicidade com o Criador. O servir de cada um os leva ao fechamento desse amor a dois e então temos a fórmula do amor.

Algo possível de ser realizado, desde que cada parte seja respeitada em seu tempo, e assim chegar ao que mais belo possa existir em se tratando de sentimento entre duas pessoas, ou melhor, entre elas e a razão de estarmos aqui, Deus.

AMOR = Paixão + Sabor da Paixão + Alegria no Outro + Caminhar para o Amor

Amor Primordial

Temos então os elementos da fórmula do amor, viva nas paredes do Castelo de Coração a partir de toda a vivência de Amiel de Aurora pelos caminhos desconhecidos desta fortaleza, e no momento certo será utilizada para salvar a princesa Atanerra de Lenz da quarta dimensão (deixou o seguinte registro no papiro: "Tenho muita fé na fórmula do amor, espero que o maior número de pessoas a utilizem para serem salvas e viverem a paixão em suas vidas de forma verdadeira").

A_{m2} = Amor a dois
Pa = Paixão
$Sdpa$ = Sabor da paixão

Alo = Alegria no outro
CpAm = Caminhar para o amor
Ap = Amor primordial

O que nos leva à simplificação da fórmula do amor, como segue:

$$A_{m2} = \frac{Pa + Sdpa + Alo + CpAm}{Ap}$$

A fórmula do amor a dois foi uma experiência de anos pelos lados desconhecidos do Castelo de Coração, uma experiência incrível por uma razão que está além da minha compreensão. Pelo menos agora fico em paz até chegar o momento certo para ajudar a princesa Atanerra, minha filha (ao final do papiro, encontro a assinatura de Amiel de Aurora com a seguinte observação ao lado: "Uma experiência incrível").

Após longos três anos, Rafael de Beveren encontra o Feiticeiro de Lenz e sua esposa Amiel de Aurora, mãe da princesa Atanerra, e pergunta: "Pelo amor de Deus, me digam que conseguiram descobrir a fórmula do amor".

Responde o Feiticeiro de Lenz: "Você não vai acreditar o que descobrimos no Castelo de Coração, uma passagem secreta para a quarta dimensão e ela tem tudo a ver com a fórmula do amor".

Logo que completou dez anos na quarta dimensão, a princesa Atanerra estava completamente de posse dos poderes do diamante vermelho de coração e assim conseguiu todo o poder do Castelo de Coração.

Rafael de Beveren, ao ver a princesa na quarta dimensão, ficou perplexo diante de tamanha beleza e com um ponto de interrogação gigantesco ao ver que a Rainha Vermelha estava do seu lado.

O cientista NardonPaolli, aprisionado na Ilha de Akredon, estava com o sapo em seu ombro e disse: "Rafael de Beveren não acreditou de verdade que iria matar meus amigos, mestre vilão e o General Ethan, certo?". E soltou uma gargalhada em alto e bom tom. Seus olhos brilhavam avermelhados.

Sinhá gritou da janela do quarto da princesa Atanerra. "Bate a lata na panela mais bela da vovó, sinhá. Bate a lata na panela vazia da vovó Sinhá". E avistou o portal se abrir em frente ao lago assim que a cachoeira se formou depois de muitos anos, e pôde ver o coração vermelho do castelo todo preto e a escuridão se formando nas mãos de Rafael de Beveren, que estava em um cavalo preto.

A paixão

Não é só a paixão
que rege o mundo,
talvez seja!
Eu me revolto
pela dor que me causa.

Sim, não te quero mais,
vá embora, deixe-me em paz!
não preciso de você, paixão.

Porque insiste que sofra tanto?!
Quero viajar pelo mundo,
assim como os pássaros,
livre e solto, não posso!

Meu coração pesado
impede minhas asas de bater!
Quero paixão, me libertar,

*saia de minha vida,
deixe que vá!*

*Quero falar com você,
você quer falar comigo
sentimentos contrários
nos afastam!*

*A dor
me amarra
ao que não posso.
Vou, vai, vamos viver,
paixão.*

*Não posso ser livre
com você me olhando, assim.
Por isso me despeço aqui.
Tchau!*

*Vou viver
e fique aí!
Não me siga!
Pode ser que volte um dia,
ou amanhã, bem cedinho!
Paixão.*

AMOR DA MINHA VIDA

Sem você não sei amar.
Sem você só sei nadar.
Nadar para o nada ou sem rumo.
Mas com você ao meu lado,
só consigo te amar.

(Renato Zerbini)

O poema Amor da Minha Vida foi uma surpresa agradável, entre tantas outras, com a publicação do primeiro livro *O lado doce da paixão*. A mãe de Renato Zerbini, um adolescente de doze anos de idade, me disse que seu filho havia se interessado pela leitura e chegou a escrever um poema.

Agradeço de coração aos pais de Renato, e que continuem incentivando a leitura. Parabéns pelo poema e iniciativa.

CONTO: VIVO AINDA

Na mesa de um bar, meu coração era servido, batendo ainda, tremelicando.

Em uma especiaria rara, típica dos anos vinte, e o pior, em uma porção robusta.

O petisco alimentava homens e mulheres, com suas bocas ferozes, famintas, histéricas.

A nostalgia do momento pedia uma música, um fado.

Vivo ainda, mas perdido e sem direção, quando saí, quis voltar, coisa de doido, de maluco, os dois talvez.

O coração já não tenho, alimentou desconhecidos, me senti só, sem os amigos de costume.

Até mesmo a moça mais bonita ali presente não teve piedade, e o pior de tudo, sentia prazer pelo ato.

Na mesa de um bar, sob a ilusão da bebida, provavelmente vodca com limão e umas três ou quatro pedras de gelo, enlouqueci!

A paixão, motivo de estar neste local, saiu pela porta da frente, acredito, depois da décima dose se arrastando pelo chão, destruída como meu coração.

Em vão mulheres me olhavam, achando bárbaro o espetáculo.

Vou sofrendo, assim sozinho, como a flor entre os abrolhos, como lágrimas que escorrem, desses olhos que são teus, um sentimento profundo, que faz do mundo, mundo!